文化呈贡系列丛书

时光的栅栏

冰蕾 著

云南大学出版社

图书在版编目（CIP）数据

时光的栅栏 / 冰蕾著. —— 昆明：云南大学出版社，2022
（文化呈贡系列丛书）
ISBN 978-7-5482-4351-9

Ⅰ. ①时… Ⅱ. ①冰… Ⅲ. ①散文集－中国－当代 Ⅳ. ①I267

中国版本图书馆CIP数据核字(2021)第191745号

策划编辑：陈　曦
责任编辑：陈　曦
装帧设计：刘　雨

文化呈贡系列丛书

SHIGUANG DE ZHALAN　　冰蕾◎著

出版发行：	云南大学出版社
印　　装：	昆明理煌印务有限公司
开　　本：	889mm×1194mm　1/32
印　　张：	7.25
字　　数：	180千
版　　次：	2022年3月第1版
印　　次：	2022年3月第1次印刷
书　　号：	ISBN 978-7-5482-4351-9
定　　价：	38.00元

社　　址：云南省昆明市一二一大街182号（云南大学东陆校区英华园内）
邮　　编：650091
电　　话：（0871）65033244　65031071　65031070
网　　址：http://www.ynup.com
E－mail：market@ynup.com

若发现本书有印装质量问题，请与印厂联系调换，联系电话：0871-64167045。

住在文字里的柔软（代序一）
——序冰蕾散文集《时光的栅栏》

吴　然

认识冰蕾是在二十多年前。那时她还是一个文学青年，在昆明儿童文学研究会的各种活动中，表现得积极、乐观、爱学习、爱思考，常常一笑就露出两颗尖尖的小虎牙，显得淳朴又可爱，我们都喜欢叫她小凤莲。

前不久，小凤莲抱着厚厚的辑为《时光的栅栏》的书稿找到我，要我为她写点什么。翻看这些作品，让我有一种格外的惊喜！平日里知道她身为一个基层公务员，工作忙，各种社会事务又多，虽时不时晒晒发表的作品、活动的照片，这对我来说都是些零散的信息。没想到一下子就抱来这么多的作品，可见她对于文学写作的挚爱与坚持，真是可喜可贺！

走进冰蕾用朴质的文字构建的《时光的栅栏》，如同走进空气清新、蛙鸣悠扬的大自然，一股纯真的、透明的气息扑面而来，一种温润如清晨的阳光的情感自然流淌出来。她带着我们走过童年的山野、走过青涩的岁月、走过果香浓郁的秋季，进入安然恬适的日子。这当中，无论是哈哈果的甜美，还是米花糖的香脆，也无论是宝珠梨的圆满，还是乌龙湾的忧伤，其实都离不开雨水的滋润、汗水的咸涩、泪水的浸泡。所有这些，可以说是每一个生命成长过程中必然的遇见，而这一切，又恰恰造就了冰蕾内心的柔软、细腻与善良，释放出她住在文字里的温柔，也成就了她对乡土与亲情的深情抒写。

她的文字，弥漫着乡村的水气与甜柔，带给我们多少向往与回味！你听，在初秋的田野上，"娃娃们在赶谷雀呢"！小凤莲说，"那一声声悠长而响亮的吆喝，在田野上空划了一道道优美的弧线"，"像极了过年的花灯滇戏舞台上，小姐丫鬟们咿咿呀呀吐出的嗓音，尖尖的、细细的、糯糯的、甜甜的，落地时突然收住，从不拖泥带水"。这"不拖泥带水"的短短几句，把滇剧、花灯窝子的呈贡，现实生活中的、甚至是劳作的场景都活画出来了。

在《父亲的筛子》一文中，那"从滇池方向刮来的风，异常的神速、猛烈、固执……钉住一棵树不依不饶地摇搡，大有不把树杆摇得腰肌劳损绝不罢休的狠劲儿，让人胆寒……"然而听到这不同寻常的风声，父亲却说，"老天刮的是醒树风"，泥土开始松动，树枝开始舒展，春芽开始打苞啦！从父亲对春风独特的喜悦中，让我们看到一位热爱生活、勤劳持家的父亲那亲切祥和的面影。凤莲以小见大，从拿着细竹枝扎成的刷子，把大大小小的筛子刷干净，"连筛子也和你干干净净过年呢"！围绕着"父亲的筛子"，既写了父亲的勤劳，"成了一年到头抬着筛子簸箕追赶阳光的人"；同时也在抒写"筛子簸箕"里注满的父母之爱与历史的记忆，"虽然身居闹市却能呼吸乡野重拾往昔时光"；"那些年年月月陪伴着父母的筛子们，继续蹲在家里的阳台上，晒着宁静的日子，晒着陈年的往事，晒着衣食无忧的满足。"所有这些亲切感人的叙写，都在充分肯定小凤莲对文字出色的把控和运用。这是十分可喜的！

此刻，借祝贺小凤莲这部作品集《时光的栅栏》的出版，我们希望她更加勤奋地阅读与写作,并尝试开拓自己的写作面,比如加强儿童文学的阅读和写作。通过多种体裁、题材的写作,寻找最切合自己的文体,并在锲而不舍的写作中,实现对自己的突破,带给读者更多的惊喜和阅读享受。

我们期待着!

2022年2月于大观河畔

(作者为全国著名儿童文学作家,出版《天使的花房》等各类图书六十余部,六十多篇作品被选入各类教科书,被称为"课本爷爷")

重拾甜美的乡村记忆（代序二）

存文学

　　冰蕾的散文集《时光的栅栏》，是一部清新明亮而又饱含深情的作品。跟着她走进去，可以让我们重新拾起那段渐渐远去的乡村记忆。那一阵阵带着稻花和青苹果香味的风，给我们带来了无限的温馨和亲切。要获得它，一定要在乡间小路和山野上走过，才能够得到这一份独特的馈赠。冰蕾儿时生活是值得羡慕的，她生长在呈贡的乡下，有一个五彩缤纷的童年，采摘哈哈果、赶谷雀、过年吃甜白酒，这些看似平常，可都能够保存在时光的栅栏里，如若青草上缀挂着的露珠。在火把节的夜晚她和村里的小伙伴们斜举着红朗朗的火把，走向村外，走向果园，走向庄稼地，祈求五谷丰登。这些带着浓烈的农耕文化气息的乡村节日和农事活动极大地丰富了她如梦如幻的童年。

　　我们知道，呈贡和晋城一带历来是古滇文化的积淀和弥漫之地，不论你是在呈贡乡下的一幢结构紧密的红土基老屋前驻足，还是从晋城一条幽深的小巷道里经过，你都能强烈地感受到，从老屋墙缝和石板里释放出的香烛味道。要说来，这就是乡村文化弥足珍贵的一部分。

　　一部看不到文化渗透浸漫，字里行间闻不到乡土气息，看不到生存背景的作品，是苍白无力的，是没有力量的，肯定不会产生什么艺术魅力。说萧红的《呼兰河传》是一部经典作品，其重要因素就是里面充满了黑龙江呼兰河畔无处不在的乡土气息，在萧红的所有作品里，都有着这种气息的弥散。在冰蕾的《时光的栅栏》里我们也能够感受到同样的气息。

当然，对于文学作品来说，第一要素还是语言文字的优美，句子的丰厚饱满，要有一种毛绒绒的质感，一种及物状，要做到这一点，作者一定要带着对乡土的挚爱，对自己作品场景里出现的事物满溢着一番真情，不论是一棵树，还是枝头上的一只鸟，都是其用自己的心灵去感受到的。所谓的在场感，我理解的就是你所有的文字都是用真情实感泡出来的。

"清凉的秋风刚刚从遥远的天边飘到这一片田野，碧绿的稻谷就开始悄悄地由绿转黄，一枝枝随风晃动的谷穗上长满嗷嗷待哺的小嘴巴，有开有合，正在努力地汲取妈妈的营养乳汁，灌浆形成香甜的稻米。"

"我常常对着那些麻花羽衣的小谷雀们说，贪嘴恋食的小东西们，你们又是歌唱家，又是捉虫能手，其实我还是蛮喜欢你们的，可是谷子灌浆时可不许你们来捣乱，那会让田地减产让人饿肚子的，等到谷穗沉甸甸地饱满成熟低下头时，欢迎你们放开肚皮来品尝丰收的果实，到那时候，如果谁被撑傻了，可别怪谷太香甜、人太友善了啊。"

"过年前几天，我带着弟妹到松林里采青松毛。这是做甜白酒'小窝家'的最好材料，用青松毛捂出来的甜白酒有一股清香味，会钻进肺腑里，粘在舌头上久久不散。"

在这里，我引用了《赶谷雀》和《过年的甜白酒》中的三段文字，这些文字都是非常好的，它宛若一群农村孩子蹦蹦跳跳地唱着稚嫩的童谣，行进在青葱散发的田野上，普照着人类童年的善良同情的光辉。

《时光的栅栏》分为"田野上的风""青苹果乐园""捞鱼河畔走""沉默的山茶"四个小花园。呈现的是她从无忧无虑的童年到青壮年的生活场景,可以说是作者对自己过往日子的一种回望,一种眷恋,是漫铺在心灵里的一块芳草地,一条生命历程中带着苔藓的捞鱼河。虽然文章里有欢乐也有忧伤,可是她总是满怀着当好自己的信使这份责任心,不论做人还是为文,都应该像《致加西亚的信》中的罗文一样,忠实守信,历经千难万险,把信送到加西亚的手里。不用说,她的信就是自己的文章。

呈贡是一代儿童文学大师冰心先生生活过的地方,冰心在这里留下了无数精彩生动的故事和优美靓丽的文字,不论是《致小读者》,还是《小桔灯》,都给呈贡的读者带来了深刻悠远的影响。在冰蕾的散文里,我们都能够看到冰心文学对她的影响和朗照。

2022年2月于呈贡寓所

(作者为中国一级作家、编剧、云南开明文学院院长,已出版文学作品二十多部,多次获全国大奖)

目 录

田野上的风

哈哈果 / 2

赶谷雀 / 4

过年的甜白酒 / 7

火把节的夜晚 / 10

鸡蛋孵出的梦 / 13

老虎抱蛋 / 24

茶花的秘语 / 27

春娘的花篮 / 31

戏里戏外米花糖 / 36

石头缝里的面梨 / 40

莲花落的泪水钱 / 44

阿　黄 / 47

青苹果乐园

第一张名片 / 52

好　雨 / 55

青苹果 / 57

徘徊在那个窗口 / 59

梧桐雨中的遇见 / 61

生命的困惑 / 64

幽兰依依 / 68

手机往事 / 71

寻找试婚房 / 76

清清岁月，有诗相伴 / 78

免费的午餐 / 82

歌声穿过岁月的经络 / 85

当好自己的信使 / 89

从丑小鸭到甜蜜素 / 92

写给春天 / 95

捞鱼河畔走

花开花落，只为乡愁 / 98

捞鱼河从我家门前流 / 103

从盛宴到小吃 / 119

从小街到花都 / 121

一花一果，嫁接时光 / 124

龙城呈贡 / 126

呈贡文化火塘的添柴人 / 130

呈贡宝珠梨，昆明人的乡愁宝典 / 135

梨花疯得正是时候 / 142

海湾坝子的小幸福 / 145

落叶的疼痛 / 151

乌龙湾的忧伤 / 154

婆婆妈妈 / 156

精神家园的守护者 / 158

沉默的山茶

父亲的筛子 / 164

美丽的误读 / 170

沉默的山茶 / 172

回望羊群 / 177

开启狐说模式 / 180

两个链齿 / 182

卡点记事 / 185

口罩变奏曲 / 188

为我挡酒的兄弟 / 192

乍暖微寒 / 196

我的茶缘 / 198

削发散记 / 200

一朵铁莲花 / 206

秀山的联，玉林的泉 / 209

寸光鼠目 / 213

再说几句（代后记）/ 218

田野上的风

小小的时候我问妈妈：我是从哪里来的？妈妈回答说：所有的娃娃都是从田地里刨来的。

我又追问：妈妈不怕把我的小胳膊小腿儿伤着吗？妈妈说：不会的，妈妈知道你在那儿，用心罩着，慢慢地用手扒开泥土抱出来的。

我还是不放心：那泥土不会迷了我的眼睛吗？妈妈笑了：怎么会呢，你是妈妈的宝，也是大地的孩子。

哈哈果

在我刚刚能跟着大人下地干活时，就吃过一种火红火红的果子，人们叫它哈哈果。

第一次吃哈哈果，是春花姐姐带我找猪草时。那天，我口又渴肚子又饿，使劲儿拉着她的篮子说："回家吧，走回家吧。"她说："你回家去，就吃不到那种仙果了。"我一听有好吃的，立刻不嚷了。只见她用镰刀轻轻敲了敲一蓬长着五瓣叶子的草，说是先把蛇赶开。见没动静，她轻轻地扒开枝叶，草丛中就露出了一颗一颗红红的圆圆的果，有炸开的苞谷花那么大。我的口水就拦也拦不住地往外流，她麻利地摘了几颗在我嘴边晃了晃说："你会吃吗？"我刚刚拿起一颗往嘴里送，就被她一把拉住说："小心把蛇吞到肚子里！这是哈哈果，哈了才能吃。"

只见春花姐姐拿一颗大果子放到嘴边，哈了一口气念道：

哈——哈，小蛇在不在家？

不在家，我要吃啦！

说完，她真的把果儿放到耳边，忽闪着大眼睛专心地听了听，才笑着把果儿一下子全塞到我的嘴里。有甜甜香香的汁液钻进我的舌头，流进我的肚子里。我不顾一切地一边吃一边顺着田埂找呀找……直到太阳公公到山那边去睡了，春花姐姐又是吓唬又是拉扯的，我才恋恋不舍地回了家。

那以后，许许多多的日子，我只要能像一只鸟儿似的飞向野外，眼睛就会不停地在草丛里搜索。说来奇怪，只要我口渴肚饿，找到哈哈果哈一口气放到耳边，便只闻见一股淡淡的馋人的香气，足以使我的口水流成一条小溪，结果便是无所顾忌地大吃一顿。可是如果我们肚子饱饱地到田野去戏耍，摘到哈哈果，哈了气之后就会听到里面仿佛有哼哼叽叽的叫声，像是我们打搅了熟睡的小蛇，我们就会毫不犹豫地走开，等明天蛇不在家的时候再来吃。

春天悄悄地走远，夏天就带着大蓬大蓬的哈哈果来到田野上，像洒落的一颗颗红玛瑙，给我的童年时光镀上许多艳丽的色彩。

如今春花姐姐已做了媳妇，当了母亲，可我一见到她就会问："春花姐，小蛇在不在家？"

她说："不在了，小蛇全都被你这小馋猫吃完了。"

我们便相对大笑，仿佛又打了赤脚、挽起裤腿，挎上竹篮奔跑在故乡的田野上……

赶谷雀

哈——哦!

一声声悠长而响亮的吆喝,在田野上空划了一道道优美的弧线,落在小溪流中,小溪眨眨清亮亮的媚眼;落在小草窠里,小草挥挥手臂点点头;落进青蛙的梦乡,青蛙"咕呱咕呱"还在说梦话呢。

田边几把漂亮的花伞下,几个小姑娘带着小凳子、小针线和瓜子咸菜之类的小零食,聚在一起有说有笑,像馋馋的小耗子一样,一刻都不让嘴闲着。小姑娘们轮换着站起来,伸个懒腰顺着田埂走一圈,斗斗精神清清嗓子亮亮脆脆地吼几声:

哈——哦!
哈——哦!
哈——哦!

哦,这是初秋的田野上,娃娃们在赶谷雀呢。落到田里的那声"哦",像极了过年的花灯滇戏舞台上,小姐丫鬟们咿咿呀呀吐出的嗓音,尖尖的、细细的、糯糯的、甜甜的,落地时突然收住,从不拖泥带水。

清凉的秋风刚刚从遥远的天边飘到这片田野,碧绿的稻谷就开始悄悄地由绿转黄,一枝枝随风晃动的谷穗上长满嗷嗷待哺的小嘴巴,有开有合,正在努力地汲取妈妈的营养乳汁,灌浆形成香甜的稻米。这时候,贪嘴的雀儿们,会从四面八方大群大群地飞来，唼食甜津津香喷喷的稻浆。如果哪片稻谷一旦被它们糟蹋过，就再也不能成熟饱满了。

我们这些十来岁的娃娃刚好在放暑假，在家长的委派下，就组织起来，三个一堆四个一伙地摆好阵脚，成为守护稻谷的小卫士。大人们忙着田地里其他繁重的活计，男孩们大多要去放牛、割草，相对轻松一点的"赶谷雀"的活儿，就成为女娃娃们的重点任务。每年这个时段，连找猪草之类的活都要暂时停下来，关键时期守好造粮食的田地才是大事啊。

午后，火辣辣的大晴天会突然下起大雨来，像是神仙从天上洒下无边无际的甘露，把我们兴奋得想要飞起来，我们举着各自的小伞，在田埂上一边疯跑，一边唱起歌谣：

又出太阳又下雨

栽黄秧

吃白米

谁都知道，这是多么金贵的谷花雨呀。

雨过后，田野静得出奇。尖尖的谷叶上，各种宽宽窄窄的小草上挂满亮晶晶的雨珠，在阳光下闪闪发光，成了数不清的五颜六色的小珍珠，一脚踩上去，小珍珠碎了、化了跑到脚背上，溜进脚丫巴里，凉丝丝清爽爽的，舒服极了。

鸟儿们呢，刚刚都飞到周边的大树上躲雨去啦，此时看见机会来了，就按捺不住激动，叽叽喳喳开会商量了一阵，酝酿着下一轮偷袭。

我们早有防备，手里握着从一头剖成两半、另一头还连在一起的竹竿使劲儿摇动，剖开的竹竿就会"哒哒哒"像机关枪一样发出接连不断的响声，把刚刚挨近谷穗的鸟们吓得四处逃去。胆儿大的，不甘心地落在近处的电线上、树枝上，等待机会再次进攻。

哈哈，当心，我们当中可是有神枪手的！几个手疾眼快的小伙伴，从口袋里掏出预先准备好的小石子——山楂果大小的"子弹"，用树杈和橡皮做的弹弓"嘣"地一声弹射上去，吓得一只只鸟儿小分队员魂飞魄散，立马逃得不见了踪影。

有小伙伴每日带上几个炮仗，等鸟儿在田里越聚越多以为可以大快朵颐时，悄悄点燃一个，炮仗冲天一响，鸟儿们应声"轰"地飞起来，瞬间就逃到远远的安全地带去喘息、定神去了，怕是几天都不敢沾边啦。有时我们会绑几个稻草人，为它描眉画眼穿衣戴帽后，让它乖乖站在田埂上、水沟边，肩上还插着一杆塑料布做成的小旗子，在风中随时发出唰唰唰的声响，做出冲锋陷阵的样子，也能镇住一些胆儿小的谷雀呢。

我常常对着那些穿着麻花羽衣的小谷雀们说：贪嘴恋食的小东西们，你们又是歌唱家、又是捉虫能手，其实我还是蛮喜欢你们的。但是谷子灌浆时可不许你们来捣乱，那会让田地减产让人饿肚子的，等到谷穗沉甸甸地饱满成熟低下头时，欢迎你们放开肚皮来品尝丰收的果实。

那时候，如果谁被撑傻了，可别怪谷太香甜、人太友善了啊。

过年的甜白酒

小时候，日子过得很难。妈妈新缝的一件有花朵朵的衣裳，一定要等到过年或走亲戚的时候才能穿。过年很简单，不过买两斤猪肉、一串鞭炮，用石沙炒一篮苞谷花、一盘香瓜子就成；我们去戏台前看一阵花灯，和小伙伴追逐嬉闹一阵回到家，真正解渴刹馋的，就只有那一缸让人一闻就淌口水的甜白酒了。

妈妈手很巧，离过年还有四五天就忙着做甜白酒了。她每次都爱把我拉在一边望着，仿佛真是怕我学不会"锅头灶脑、收拾缝补、咸菜豆腐甜白酒"而长大后找不着婆家似的。妈妈先把糯米或是选好的大米蒸成熟饭，等饭冷却到刚会微微烫手的温度，拌上发酵的甜酒曲，就着温热装进缸里盖严，再把缸放在一个保温条件较好的"小窝家"里。等捂上几天抬出来，哇！那种香甜，是春天的花园和秋天的果园都无法比得上的。舀在碗里，原来散散的米饭已炼成一饼一饼的，还捂出了清清甜甜的汁水。我们稀里哗啦几下子吃下一碗，再像青蛙唱歌一样"咕呱咕呱"喝上几大口汁儿，弟弟还是忍不住用勺子使劲把碗刮得叮叮当当响，妹妹踮起脚尖还想去揭柜子上的白酒缸盖子，我也馋相百出，舔着嘴皮讨好地望着妈妈。

"吃多了会醉的。一顿撑伤，十年不想。"妈妈笑着说，拍拍弟妹的屁股，"去，跟姐姐到灯场上玩去。"说完，她找来针线篮子，坐在柿子树下开始纳鞋底。

过年前几天，我带着弟妹到松林里采青松毛。这是做甜白酒"小窝家"的最好材料,用青松毛捂出来的甜白酒伴有一股清香味,会钻进肺腑里,粘在舌尖上久久不散。

回到家已经很晚,我发现饭桌上摆着一大碗煮好的鲫壳鱼,高兴得汗也不擦就去拿筷子夹。

"等等,"妈妈说,"把你爹爹的留起来才准吃。"我们只好乖乖地站在一旁,眼巴巴地瞅着妈妈把两条大一点的鱼用另一个碗装起来,放在壁橱的最高一层,才开始动筷。妈妈总是把鱼头夹下来放到自己的碗里,把肉头厚点的鱼身子放到我们碗里,因为饥饿,因为稀罕,我们吃得狼吞虎咽,差点眼泪都噎出来。隔了两天爹爹回来,鱼肯定不新鲜了,他还是一个劲儿地说"好吃好吃",又把鱼脊梁上最厚实的肉用筷子挑下来,摘完刺塞到弟妹的嘴里,不时抬眼望望在一旁含笑的妈妈。当时我有点奇怪:是爹妈生来就不爱吃鱼?还是约好了一起喜欢鱼头鱼尾巴?

大年初三以后,村里就有人开始下地干活,但多数人家认为,要等过了正月十六才算年完节散。在我家,还会有一大缸甜白酒等着我们。

于是,背着篮子到山上采青松毛就成了我和弟妹最快乐的差事。阳光暖暖地照着大地,山路上的小草们都在沉睡,颜色枯黄或是灰暗,只有那些顶天立地的松树,始终舒展着头发一样整齐的翠绿色松毛,散发出阵阵诱人的清香。我们一手拉住松枝,一手揪下松毛放到篮子里,不一会儿篮子就满了。当然啦,按照大人的交代,我们绝不会集中火力把一棵松树或是一根松枝揪成"光杆司令"的,而是一棵树上采一点,离开时,一棵棵松树依然和着山风的节奏唱着好听的歌,仿佛我们从没弄疼过它们。

捂熟的甜白酒出窝之后,我们会把青松毛铺在堂屋里,铺出一块绿地毯,由于格外地喜爱这绿地毯,我们不坐草墩而是直接坐在绿地毯上,或是在上面摔跤、玩讨小狗的游戏,玩累了,嘴馋啦,就不约而同地围着白酒缸,开始新一轮的青蛙唱歌,直到天气一日比一日暖热,缸里的白酒汁儿泛出辣乎乎的浓烈酒香,我们喝完之后,直接把松毛地毯当作床,常常玩着玩着就睡着了。

好多年过去,生活比以前不知甜了多少倍,而我总也忘不了甜白酒的甘美,忘不了青松毛的芳香。童年的生活啊!经过岁月的酝酿,就像清新甜醉的甜白酒一样余味无穷。过去的日子无论有多贫穷,只要有爱,我们就可以用自己的巧手去改变,去酿制一年好过一年的香甜光景。

火把节的夜晚

在我的家乡，每年的农历六月二十四都要过火把节。但是我们汉族村子的火把节和彝族人的火把节不完全一样，我们的火把节主要是娃娃们在耍火把，祈求五谷丰登、无病无灾。

儿时，还在四五月间，我们就缠着大人从高高的松树上砍下手臂粗的侧枝，然后从枝条中间剖开许多大口子，再用些玉米核、柴疙瘩往大口子里一塞，一只容易晒干的、鼓着空空大肚子的火把就做成了，我们将火把在太阳下翻来覆去地晒，眼巴巴地算计着那个热火朝天的欢乐日子。

火把节那天傍晚，太阳还在山顶上慢悠悠地散步，我们七八个小伙伴就聚在村边的大柿子树下，像一群鸟儿一样议论着各自心爱的火把。妈妈给我的火把里又塞了好些松香，我得意地说："今晚的火把王位我坐稳了！"可小强说："别自吹！我的火把肚子里塞了两只胶鞋底，烧起来不会掉，肯定是我的最先烧完。"阿山呢，在一旁哑哑地笑，说不定更有什么新招呢。

天好不容易黑下来后，我们在大树下燃起一堆干柴，迫不及待地一起将火把头凑上去，不一会儿，大家的火把都红彤彤地燃烧起来，照得一张张兴奋的脸格外动人。我们相互跟着，欢叫着斜举着火把跑向田野，静静的夜里便多了一条条欢腾的小火龙。

田里的稻谷正鼓起一个个饱满的小肚子，准备抽穗。偶尔有几穗冒出来，探头探脑地瞧着这格外热闹的夜晚，被人们称为"火把穗"。我们将火把举到谷穗上方轻轻摇晃，按大人的吩咐驱赶啃吃庄稼的害虫，吓跑专偷粮食的田鼠。随后我们又奔向梨园，大人说，谁能就着火把的光亮吃一个"火把梨"，长大了一定是个脸儿圆圆、腮儿红红的俊伙子或俏姑娘。于是我们就在一棵宝珠梨树下停住，叫小牛脱了鞋爬上树去，给每人摘了一个被火光照得红光满面的火把梨。我们大口大口地啃吃着，甜甜的梨汁挂满了一个个小下巴，连胸脯也被染得黏糊糊的，像打翻了蜜罐子。

安静的夜晚，田野里到处飘散着令人迷醉的气息，饱含着谷花的清香、水果的甜润和瓜瓜豆豆逐渐饱满成熟的蜜味。我们所到之处，被称为田园歌唱家的蛐蛐儿立刻变成了哑巴，刚刚还在表演多声部大合唱的青蛙田鸡们突然闭嘴噤声，就连往日趁着夜色四处穿梭游荡的水蛇、田鼠、泥鳅、黄鳝们，也都老老实实地躲在旮旮旯旯里，不敢露出半根尾巴或是一个脚趾头，仿佛这片田野从来没有出现过这些居民一样。朗朗星空下，只有小伙伴们嚓嚓嚓嚓的脚步声和叽叽喳喳的笑闹声，传得很远很远，说不定会传到天边去呢。

当我们终于玩够，耍弄着烧得只剩短短一截的火把返回村子时，妈妈们早就等在村口了，手上都拿着剪子和一小把生蚕豆。我妈妈先将几颗蚕豆放在地上，叫我把未烧尽的火把架到上面去烧"火把豆"，据说，吃了"火把豆"，可上下通气，一年到头不会肚子胀。然后妈妈拉过我的双手，用剪刀将我手腕上端午节时系上去的七彩丝线（我们这里叫百索，说是用来消灾免难的）剪下来放到火上，一边烧一边念道："病病通通、口舌是非、摆子痢疾、生疮眼疼都烧散啦。"转身又提高嗓门问我："都烧散了吗？"我乖巧地大声回答说："烧——散——

啦——"

　　吃过火把豆,妈妈催我回家了,我忍不住一次次回头,向田野和果园中那些还在闪烁的火把亮点张望。好久好久,才拉着妈妈的手,走进香甜的梦里,走进妈妈盼我快快长大的切切心愿中。

鸡蛋孵出的梦

在 20 世纪六七十年代的农村,对于好多人家来说,鸡蛋是油盐酱醋,是衣物鞋袜,是书包学费,是产妇的奶水,是男人的茶叶。在我家,姐弟四人之中我是老大,父母忙于挣工分或盘好自留地里的庄稼,母鸡下蛋的事务管理,经过他们言传身教后就基本上交给我负责。多年的反复实践,我还真积累了一些关于管理下蛋鸡的感受,如今忆起来,竟比鸡蛋还香。

刨　食

在纯粹的农耕时代,各家各户的鸡当然都是散放着养的,白天鸡们会成群结队地到树林、草丛、野地等凡是能够到达的地方去寻觅一切能吃的食物:虫子蚂蚁、草籽绿叶、阴沟里的蚯蚓、树下落地的果子,它们从不挑食,从不放过。

我常常看见一窝鸡从早到晚就守在一棵树下不厌其烦地刨来刨去,没有收获就换个方位哼着小曲儿又重来,为了看得仔细不放过一粒食物,小小的脑袋在一伸一缩之中灵活地配合爪子移动着身子,让我感觉它们像是在完成老师布置的作业——用尖尖的嘴在大地上写字画画。你看吧,它们一会儿歪着小小的脑袋像在巧妙地构思细细地琢磨,一会儿又极其认真地一点一逗一撇一捺精雕细描,有时又像突然间灵感来袭,昂头挺胸伸开两爪刨得尘土飞扬,活脱脱一番骏马奔腾的大写意。一天劳作下来,终究还是留下了东一片小丘陵、西一块小平川,中间夹着一个又一个小盆地的自然景观，当然啦，作品的内容和意向或许只有它们自己才真正懂得并引以为荣。

太阳西沉时，恋家又胆小的鸡们会自己朝着各家的方向慢摇着回去，稍稍殷实的人家会在自家门前撒上两把玉米或是小麦、瘪谷，尖着嗓子"嘚哟嘚哟嘚哟"地一阵叫唤，自家的鸡听到集结号就会从四处赶来享用不劳而获的晚餐。在那个粮食极度匮乏的年代，来晚了的鸡，自然只能在空空如也的地上低着头心有不甘地苦苦寻找，不时对一小粒石子儿或一片小树叶儿象征性地啄两下，或是望着旁边空空的猪食槽发会儿呆，该是自我安慰一下因来迟而悔恨的心灵吧。

查 蛋

为了已经成熟只等一朝分娩的鸡蛋不至于流失在外，查蛋是我们每天大清早放鸡时必做的功课。

一大早，我将鸡窝门打开手掌宽的一个出口，被关了一夜的鸡们虽作争先恐后之势，却不得不排着队才能实现冲出牢笼的愿望。第一只鸡刚到门口就被我一手逮住翅膀，随即鸡窝门被关上，如果是公鸡或小半大鸡，我手一松它就得了自由，回到院子里去享受清晨的阳光空气。如果是正在产蛋期的母鸡就必须经过严格检查：我用左手牢牢抓住鸡的双翅，将右手中指伸进鸡的屁股眼儿里，若探到硬硬的圆形的温热的一团，我就明白这只鸡孕育了一枚当天必定产下的蛋，这只蛋与我的手指只隔着一层薄薄的蛋肠皮，我会激动地用期待的眼睛记下这只鸡的体毛特征，将它登记在心；如果手指探到鸡屁眼里空空荡荡的，就说明今天它仍需努力刨食，期待来日。这样一轮检查下来，凡在当天有蛋可产的母鸡都会作为重点监管对象，那一天查到该下几个蛋，我脑子里小算盘马上就噼噼啪啪动起来，很快就能算出能换得几本作业本或是几袋盐巴。

捡　蛋

母鸡下蛋的过程基本上不用人们多操心，它们会在吃饱喝足后的午间，根据各自的习惯蹲到一个固定的地点——多半是鸡窝、房檐下的草堆或是垫了松毛的箩筐里，静静地享受那幸福时刻的到来。那时我想，每一只母鸡产下一个蛋，一定会像我的爹妈从树上摘下一篮自己种的水果，或是从土里挖起一筐山芋一样充满收获的喜悦和劳动的成就感，要不然它们就不会在下蛋工作结束后，抖着身上的羽毛跑出来，"咯哒咯哒"地叫唤着报告喜讯，直到找到了刨食的队伍，还在意犹未尽地诉说着自己的功劳，咯咯咯地哼个不停。

母鸡们接二连三地忙碌高兴过后，就到我履行小管家职责的时候了，我会找来一只提篮，或是一个大碗，顺着它们蹲守过的地方一一找寻，将新鲜的甚至还温热着的鸡蛋一一捡起，集中到一个瓦缸里用大米或谷壳盖好，一层一层往上垒，巴不得几天就垒满一缸，期待着街天拿到集市上卖个好价钱。每天，我一边捡蛋一边计算着应有的收获，若达不到早上检查时的数量，就得赶紧一一排查，找出原因，及时把贪玩成性的责任者强行逮回来关在鸡窝里，直到责任落实，鸡蛋各就各位。

野　蛋

在大多数母鸡们循规蹈矩该吃就吃该喝就喝该下蛋就下蛋的时候，也有那么一小部分不安分者令人伤透脑筋。

有一段时间，我发现我家养的一只刚会下蛋两个月的黄母鸡,特别能吃也特别能下蛋,几乎每天早上检查时都有一个急不可待的蛋准备诞生,很是令人欣喜。但奇怪的是那些天每天下午捡到的蛋都差了一个,我左查右查找不到问题出在哪儿,把下蛋鸡们逮来复查,一个个鸡屁眼儿都空空如也。富有经验的母亲教我一个侦察办法:午饭后拿一个小板凳坐在门前的柿子树下悄悄观察,各自在老地方认真下蛋的鸡是哪几只,又有谁不知去向。"可能有母鸡下野蛋去啦!"母亲说。

果然,那天我在树下翻着一本小人书,眼睛斜瞟着鸡群的动向,不一会儿就发现年轻漂亮的黄母鸡慢悠悠地走向房后的板栗树,我悄悄跟随,看见已有七八只鸡在树荫下玩耍,有我家的,也有别家的,一边刨食一边在嘀嘀咕咕地说着些什么,见她走近,一只别家的大红公鸡跑过来在她身边扇了扇翅膀,像是见到盼望已久的亲人,在红公鸡的引领下,它俩在树根处刨到一窝"老蜈虫"(也叫铁豆虫,一种夜间活动白天钻到土里睡觉的黄褐色昆虫),你啄一嘴,我啄一嘴,吃得情意绵绵。大约半个小时后,黄母鸡貌似漫不经心地离开鸡群,独自走到离板栗树几十米远的一蓬火把果树下,用不着左顾右盼就一个纵身钻进火把果树的根部不见了踪影。我轻手轻脚地走近一些细细一瞧,乖乖!不知什么时候,黄母鸡早已在原本长得密实的火把果枝条间开辟出一道绿叶遮掩着的小门,原来它早就盘算着"家外有家"的生活了。我还算沉得住气,没有当场跟上去惊动它,而是转身把这一发现报告了母亲,母亲说:"别声张,挨晚时你用棍子扒开去看,肯定能捡几个鸡蛋回来。"

母亲真是个预言家,那天傍晚我亲自从火把果根部的一个土窝窝里,一口气捡回来八个又大又白的鸡蛋,因"破案"有功,我和弟妹们被批准将它们全部煮成红糖鸡蛋,吃得舔脸舔嘴，还把碗底都舔得锃亮白净。更为可喜的是，从那以后，在去打猪草或找柴火时，凡是挨近村子的刺棵棵里、灌木丛中，我都会有意无意地用镰刀扒开这里看看、那里瞅瞅，居然不时能发现意外的惊喜呢，有时两三个，有时一小窝，白白糯糯的鸡蛋常常让家里的饭桌喷香扑鼻。看来，学会徇私情、下野蛋的鸡绝不止我们家的黄母鸡、芦花鸡。隔壁三婶就说过，她家的"亚洲黑"母鸡那年消失了将近一个月，全家人白天夜间找了多日都不见踪影，本以为早被黄鼠狼连毛带屎吃掉了，谁知有一天吃早饭时不知从哪儿冒出来，居然"咔咔咔"喊叫着带着 11 只小鸡崽，到饭桌下要吃的，哎哎，竟有这等好事，还省去了孵小鸡的那许许多多麻烦事呐！

孵　蛋

很多次，我跟随母亲左右，见证了从蛋到鸡生命演变的外部过程。

每年春天，自家养的鸡们老的老、卖的卖、被吃的被吃，数量自然减少之后，母亲就要筹备着孵一窝小鸡来补充下蛋的力量。她先是把新鲜的、个大一些的鸡蛋单独存放，攒到二十来个时，会在某天晚上拿到油灯下去再度"选美"，母亲左手轻轻握着一个挑好的鸡蛋，右手弯成半圆形放在鸡蛋的上端一起凑近油灯的火焰，去仔细识别哪些鸡蛋能够孵出小鸡来。在温暖的油灯光下，鸡蛋也变成半透明的状态，能孵出小鸡来的蛋在顶端会有一小团花生米大小的阴影，象停留在空中的云絮，母亲将它们更加宝贝地放在一起。认真照过一轮之后，母亲把挑选出来的鸡蛋集中放到垫上软草的箩筐里，抱来"起抱"的老母鸡让它不分白天黑夜地蹲在箩筐里焐那些蛋，每隔两三天将它放出来拉拉屎、喝喝水,饱餐一顿苞谷,又趁着体温还热赶紧把母鸡放回箩筐,全心全意地焐着那些蛋宝宝。

  十多天后,母亲会在喂老母鸡时的某一晚上打来一盆温水,给正在孵化的鸡蛋"踩水"。母亲小心翼翼地把鸡蛋一个一个放在水中,鸡蛋里慢慢醒来的生命大概是感知到水的温暖和漂浮的惬意,就轻轻地在水中游动起来,一歪一歪地像是正在经历一场水上花样表演,场面很是有趣、壮观,让我们幼小的心也跟着舞动起来。当然,也总会有几个不明原因无法孵化的鸡蛋呆呆地浮在水面,会就此被剔除掉。大约二十一天后,母鸡身下的蛋开始出现一个又一个米粒儿大小的洞,壳破了,但是仍有一层薄薄的绒皮包裹着里面的东西,我能感觉到一个蠢蠢欲动的小家伙在忙着打开与外面世界的通道呢。终于,一个蛋又破了花生米大的口子,我看见小鸡嫩嫩的小嘴巴了、看见小脑袋了、看见它拱碎半个蛋壳扑棱棱地钻出来了!随着第一只小鸡的破壳而出,一窝小鸡崽在一两天内会全都踩碎蛋壳,探着小脑袋东张西望,像蚊子一样发出孱弱的叽叽声,鸡妈妈此时显得又骄傲又凶恶,蓬松着浑身的羽毛从箩筐里纵身跳出来,"咯咯咯"地喊人们来帮忙把她的孩子们搬下来接地气。

  此时,母亲不慌不忙地找来一把簸箕搭在箩边,叫上我一起把一只只在叽叽尖叫着的绒球一般的小鸡崽轻轻捧到簸箕里,然后大步走到屋外阳光下,轻轻摇晃着簸箕,口中念念有词:"筛子筛筛,簸箕簸簸,饿老鹰来了要躲躲",念完后才把簸箕放下,又找来一只孔眼较大的篾篮子,把小鸡崽和一碗清水、一碗细米糠拌碎米,连同老母鸡一起罩扣在地上,既能让它们先活动活动筋骨,学着喝水吃饭,又能防止被莽撞的猫猫狗狗伤着,此时的鸡妈妈肩负着最初的养儿育女和安全保障的重任,极度警惕，不要说阿猫阿狗，连生人都不允许靠近小鸡群一步。个把月后，小鸡们在双翅和尾巴上长出几小撮带有花纹、稍长稍宽稍硬点儿的羽毛，我们也就给它们解除禁闭，放心地让鸡妈妈带着它们到房前屋后学着写字画画唱歌跳舞去了。

"醒抱"

说来残酷，"起抱"原本应该是成年母鸡的一种自然生理现象，表现为一段时间内不爱吃东西不下蛋不活动，一心只想蹲在窝里睡大觉，像害了大烟瘾的人一样萎靡不振。但在当时的农村，为了那数不清的等钱开支的大小窟窿能多有几个鸡蛋去堵上，除了被选中肩负孵蛋任务者外，起抱鸡常常会被人们采取各种措施"强制戒毒"，活生生被打乱生理周期。我和弟妹们经过多方学习走访，研制出一系列为鸡"醒抱"的方法，一招不灵再换一招，一招狠过一招，居然还很奏效。

第一招是"喝小酒"，将起抱鸡抓来掰开嘴巴，灌下几口烧酒，让它在高度兴奋下根本停不下来，在与队友们争吃打闹中去创造营养财富。连续喝几天酒后，它居然会忘记了困倦，恢复如常；第二招叫"头朝下"，将"起抱"鸡捉来用细绳捆住双脚倒挂在墙上或树枝上一整天，直到天黑才放下来，悟性好一点的鸡可能就会意识到是自己偷懒导致的结果，在刑罚中深刻反省，一回两回后积极改过自新，忙着追赶觅食的队伍去了；第三招叫"踩钢丝"，这招是我弟弟的发明专利，弟弟将"起抱"鸡的双脚分别用绳子拴住（不捆在一起），绳子的另一端拴在晾衣服的铁线上（即使掉下来也只会悬在空中），再在鸡头上套上一只袜子，让它站在铁线上战战兢兢地荡秋千，可怜的母鸡不能顶天也无法立地，两眼一抹黑，只有用两只脚爪死死抓住铁线，一刻也不敢松懈。几个小时后让它安全着陆，它立马惊魂未定地跑到外面投奔组织去了，哪里还能看见半点贪睡成性的迹象，该干吗干吗。当然啦，以上几招都是在确保鸡们身体安全的前提下，本着"教育为主，醒抱生蛋"的原则进行的，不到万不得已不会升级。

咒　鸡

说是咒鸡其实咒的是人。鸡和自然界中的任何生物一样，生老病死来来去去本属常态。就因为它与人的密切关系，或者说人对它的特别需要，一旦有一天晚归时发现哪一只鸡不见了踪影，主人便会花大力气四处找寻，即使是刮风下雨、黑灯瞎火，依然不肯轻易放弃。最终也有找到了的，但是有的鸡就像上了天入了地一样消失在无边的失望里。于是很多人丢了鸡可能会难过得半夜未眠，也就不知源于那个年代有了咒鸡的风俗。

鸡丢失的次日凌晨，当全村人还沉浸在时断时续的梦境中时，一声嘹亮无比的开场白会突然撕破夜的宁静——"是哪个乌龟王八车碾马踏的烂毛贼，偷了我家的鸡嘛赶快天亮以前放出来……"，绝对的自编自导自演临场发挥的独角戏，引得很多人自然而然地在床上张开了耳朵，细细欣赏起不用走出家门不挨风吹日晒就能享受到的现代评书。村子不大，听的人都知道是谁在咒骂，咒的都是十足的脏话毒语，巴不得把意想中的偷鸡贼祖宗八辈用粪水泼得变猪变狗变蛆变虫永世不得翻身，其目的只有一个：让偷鸡人睡不着觉、怕遭报应，天亮时，自家丢失的鸡就会从某个角落狂奔而来，回到温暖的院里，继续在土里刨食、生蛋、长肉、抱窝、打鸣。

当然啦，也确实有丢失的鸡会在第二天自己跑回来的事情发生，要不然这种咒鸡的习俗（或者说是陋习）也就没有流传下来的必要，而更多的时候是没有结果的，星星还是那颗星星，鸡呢还是只剩下了那几只。但这件事情本身的作用已然体现出来，那就是咒鸡的人展现了口才又出了恶气，像是完成了某种仪式，浑身上下轻松了许多，听的人过了戏瘾又长了见识，知道如果自家的鸡丢了该如何效仿甚至再度创新，各有所获。

吃 蛋

那时，虽是自家养的鸡下的蛋，再多也是不能由着性子吃足吃够的，得省着拿到龙街上卖了钱补贴家用。

当然也有例外，就是每年过端午节时。那时我们呈贡农村还没多少条件吃上粽子，端午节的主要美食是鸡蛋、麻花、芽豆（将蚕豆捂出芽）和大蒜，习俗来源不详。吃鸡蛋多半是用白水煮熟，然后趁着温热和水汽未干时赶紧用红纸一个一个包裹起来，过一阵撕开红纸，鸡蛋就换了脸色，像过年戏台上抹了胭脂涂了油彩的小姐丫鬟，一个个红光满面，很是惹人喜爱。母亲给我们一人发几个，我们就会拿它们到桌子上轻轻磕碰，又像擀面皮一样在桌上轻轻滚揉，这样就能将整张揉碎的蛋壳撕下来而不至于损坏鸡蛋本身，待剥去外壳，已来不及欣赏它们雪白柔嫩的美颜，一嘴就会咬下半个，用以堵住早已漫过舌尖的口水，饥肠和心灵的满足感才得以双双实现。

但是，多年以来我还是清晰地记得一次口水没有东西堵住的饥饿和无奈。有一天下午，一个炸爆米花的外乡人来到我们村里，这对于我们小孩子来说简直像过年一样的快乐。外乡人在村中的一棵鸡脚拐枣树下摆开摊子，只一小会儿，炸爆米花的机器旁边就排了长长的一支队伍，孩子们端着苞谷、大米、麦子，再凑上些玉麦核、柴疙瘩、碎煤块之类的燃料，一轮一轮饱吸着那冲天一声巨响之后的浓浓香气，等着炸自家的爆米花。

那一天我来得晚一会儿就只好排在了队伍的尾巴上慢慢等候，太阳都躲到树背后去了还没轮到我，而肚子又不争气地开始叽里咕噜唱起了大戏。偏偏这时，那个"狠心"的外乡人停止炸爆米花，在炉火上烧开一小锅水，又从身边的箩筐里摸出一个鸡蛋放到锅里，再摸出一个鸡蛋放到锅里，我眼巴巴帮他数着，他一共在锅里放了六个鸡蛋。不一会儿鸡蛋在水里咕嘟咕嘟唱起了歌，我不由自主地咕嘟咕嘟咽起了口水。随后这个外乡人居然不顾我们所有在场人的感受，说声"我要吃饭了"，就一边继续慢悠悠地摇动着炸爆米花的铁滚锅，一边一口一个，腮帮一鼓一鼓，又一口一个，腮帮又一鼓一鼓，不一会就把六个煮熟的鸡蛋吞下肚去当了晚饭，大概是吃急了被噎着，又咕嘟咕嘟喝下半口缸水，还心满意足地用拳头捶了捶胸口。天呀，这个世上咋会有这么富有的人呀，居然拿鸡蛋当晚饭！要命的是，这个人在喉结一上一下之间每吞下一口鸡蛋，就害得我跟着吞下一大口寡寡的口水，我被这种妒忌折磨得眼珠都要恨出来，炸开自家的爆米花后顾不得烫手就狠狠地塞了几把在嘴里，才终于把又是羡慕又是恨的口水和泪水一同咽回了肚里。

从那之后，我就在自己的心里用鸡蛋密密实实地筑起一堵墙，我像神仙一样地飘到这堵墙上对着我的未来恶狠狠地说：等我长大了，一定要拿鸡蛋当晚饭吃；等我的爹妈老了，我一定天天用鸡蛋给他们当晚饭吃。

梦 蛋

不用说,聪明的你已经知道啦,随着国家的进步和时代的变迁,随着卖鸡蛋换来的钱不断补充着我们的身体和心智,我们一天天长大、一年年刻苦读书,长大后我们努力工作、四处打拼,那个恶狠狠的愿望居然在不知不觉中早就实现了。

只是多年以来我常常会重复进入同一个梦境:捡鸡蛋。

梦里,我回到童年时的村庄,田埂上、小河边、山路旁、草丛中,到处都是大大小小各色各样的鸡蛋,怎么捡也捡不完,怎么刨都刨不尽,甚至菜地里的辣椒树上、茄子树上,也会结满了一串一串的鸡蛋,从地里拔起一蓬土豆,根上缀满的也全是白皮的、红皮的、黄皮的、绿皮的各种鸡蛋,我就背着篮子、挑着箩筐或是推着小推车,和小伙伴们一起到处捡鸡蛋,捡呀捡呀,幸福得从来不知疲倦。有时候一觉醒来,回味梦中某棵树下的鸡蛋还没刨完呢,就会呆望着天花板遗憾半天,巴不得再度回到刚才的梦里,继续追寻鸡蛋的踪迹。

我知道,这是因为对时光的回味、对生活的感恩、对故土的怀念,全都存放在五彩的鸡蛋里了。

老虎抱蛋

小时候一淘气，奶奶就会用一句话来哄我们：乖乖呢听话，过些日子领你们到圆通山瞧大老虎。

这个许诺先是让我们姐弟几个不咋服气，老虎哪个没见过？田埂上、水沟边、草棵中、墙洞里，只要有泥土的地方都有老虎的洞；房檐下、竹林中、庄稼地里、树枝上，只要稍能遮风避雨有挂牵的地方都有老虎织的网。而八只脚的老虎更是随处可见，最常见的要数脑袋小小肚子鼓成椭圆形的金丝老虎，它们浑身长满金色黑色相间的条纹，又细又长的脚走起路来轻盈自信，比螃蟹还霸道。还有灰不溜秋的土老虎，看着呆头呆脑的，毫不起眼，但一旦跑起来快得像鬼一样，一闪就不见了。当然啦，既然大人们把去看圆通山的大老虎当作是极大的奖赏，那里的老虎肯定同我们村子的老虎不一样呢，所以我们还是满心地期待着，并且尽量乖乖呢听话。

在夏秋季节，我们这里的老虎白天基本上是躲在洞里睡大觉，黄昏来临时才开始慢悠悠地爬到各自编织的网上，端坐在网格中心点静等自投罗网的苍蝇蚊子蝴蝶蚂蚱。一般那个时候，田地里做活的大人们开始赶着牛羊踏着夕阳归来，到处找食的鸡鸭猪狗们也朝着自己家的方向移动，我们这些贪玩的娃娃们，会三五成群聚在一起，借着黄昏的凉爽和太阳光的柔软，玩老虎抱蛋的游戏。

我们找来三个个头差不多大的圆形的石头，就是老虎的蛋，紧挨着放在地上,然后几个小伙伴用石头剪子布的方式逐个淘汰,第一轮的输家就当老虎,其余的就成为合作共赢的偷蛋者。游戏规则是:一只老虎守三个蛋,老虎只能四肢撑地,身子落地就算输,必要时可以手脚并用对付偷袭者。而偷蛋者在游戏过程中身体任何一个部位被老虎的脚踢到,就只能出局到旁边当观众。最终老虎蛋被抢光,老虎就输了;但只要还有一个蛋在,而袭击者一个个全被踢出,老虎就大获全胜了。

这应该算是一场体能、灵活性和运气的较劲儿娱乐吧。往往是:老虎四肢撑起身子将蛋护在身下,警惕着四周的敌人来偷袭。一个小伙伴迅速弯腰伸手,准备从老虎的身下抢蛋,老虎一个扫堂腿过去,偷袭者要么被扫出局,要么以更快的速度撤离。但这时如果有人趁机从另一个方向出手,只要动作够快够灵活,还是容易得逞的,老虎蛋就会只剩一个两个,局势的紧张程度就会逐渐升级。这当中一攻一守,动静结合,一守一攻,出其不意,常常掀起阵阵欢声笑语,也因为战斗的激烈一时间闹得尘土飞扬、鸡犬不宁。

小伙伴中一个叫阿强的男孩,长得瘦小机灵,就是不爱读书,只爱到田地中放牛放马,捉田鸡逮蚂蚱到处撒野,他跟我们玩老虎抱蛋的时候经常轮到当老虎,也是常常的输家。有一次,因为都是男孩子玩,我就不敢上场而在旁边观战。又轮到阿强当老虎,看起来他有些不情愿,趴在蛋的上方蔫瘪瘪的样子,让袭击者感觉机会大大的好!一开始,小阿强自己慢悠悠的以手当脚转着走起路来,一圈两圈三圈,让对手不知道他的意图而开始有些疑惑,差不多都忘记了自己进攻的目标方向。冷不防的,小阿强突然用双手和左脚撑地护住老虎蛋,右腿猛地伸直朝四周扫起来,整个人像一个圆规一样以老虎蛋为圆心快速画圆圈,仅仅三圈下来,七八个还在发蒙的对手就稀里糊涂地只剩了一个,这人又很快地被他换左腿一个反扫摔倒在地,偷袭者们败得毫无还手之招,纷纷叫爹喊娘。只见阿强慢慢起身,一边拍着手上的灰土,一边用胜利者的微笑看着地上紧挨在一起纹丝不动的三个老虎蛋。

直到后来有一天,父亲兑现奶奶的承诺,带我们姐弟几个去到昆明圆通山动物园,见到了关在铁丝笼里威猛无比的真正的大老虎,我才惊讶地发现这世界真是太奇妙啦,天差地别的两种动物:一个堪称大自然中的霸主,令多少英雄豪杰谈之色变;一个仅靠小小的伎俩和天生的耐心捕点飞虫生存活命,在我生活的小小乡村里,却被冠以同样的名字。后来知道了我们村里的老虎学名叫蜘蛛后,我很多次遇见过蜘蛛的蛋孵化成熟,里面像潮水般奔涌而出的小蜘蛛密集而充满活力的场景,却没有亲眼见过蜘蛛抱着护着它的蛋时是什么样子。而我们的祖先老辈们,在我们懵懂的童年时代,其实已在教会我们传承虎毒不食子、血脉堪比命的动物本能理念,用"老虎抱蛋"的游戏把娱乐与生存演绎得那么的天衣无缝、风生水起,让我们感受着每个黄昏的安宁祥和以及无处不在的斗智斗勇慢慢长大。

那个机灵调皮的男孩阿强只读到初中毕业,长大后却在水果蔬菜种植上自学成才、刻苦用心,成为远近闻名的农业专家,靠的就是他热爱庄稼、善于琢磨的执拗劲儿。而从那个村庄里走出来的我们,不管在哪里遇见,心都会自然地回到童年的那片田野,遥想着那些袅袅的炊烟,归巢的牛羊,回忆起纯真的快乐日子,还有机智灵活随处可见的"老虎"。

茶花的秘语

十二岁那年我学会了唱呈贡花灯,有幸被村上的花灯队吸纳进去。接近年关,村上开始利用晚上的时间加紧排练过年的节目,排传统剧目《小放羊》《秦香莲》《包二回门》等,一场接一场忙得不亦乐乎,二胡大爹的手指都被弦勒出了深深的沟痕,估计不久就要变成厚厚的茧子了。以我的年龄、脾性和当时的机灵劲儿,我成了《包二回门》中女扮男装的主角包二,美美地飘了好些时日呢。

就是这种飘飘然的年少轻狂,为后来我闯下大祸埋下了种子。

那年正月十五,我们应邀来到一个叫马郎的小山村演出,演出地点在村边山坡上的一座老寺里。

老寺规模不大,进了大门正对面是寺的大殿,左右两边各一间侧殿,戏台就设在进门左手边侧殿的二楼上。三个殿里照例塑了一些佛像,或庄重威严、或慈眉善目、或狰狞可怕,阵容不大却都高高在上地照管着一方百姓的苦乐平安。我们花灯班子还没走进寺门,就看见几个拎着香蜡纸烛供果香油的奶奶大妈结队而来,一进寺门就开始微微低头弯腰表现出虔诚的姿态,然后上香、点烛、敬供品、添灯油,对殿里所有的佛依次跪拜,每个人轻声道出或心中默念的定是人寿年丰、消灾免难的祈愿。

那时我年纪尚小,对于大人们的拜佛过程仅仅能做到乖乖的效仿，拜完菩萨来到院子中，才惊奇地发现一棵高高大大的树上，开满了千朵万朵红艳艳、鲜滴滴的拳头大小的花朵，那些花儿有的已经绽开，像年画里金童玉女甜蜜蜜的笑脸，有的刚刚松开几个花瓣，像姐姐们微笑的红唇，有的还羞涩地藏在枝条的一侧、叶子的背后，像躲在大人身后羞于见人的腼腆孩童，嫣红的花儿朵儿们倚着少许碧绿的叶儿站满了整个树冠，仿佛都在争着嚷着告诉人们同一句话：过年了，春来了，福到了！我忍不住问来寺里敬香的一位奶奶这是一树什么花，奶奶张开已经掉了几颗门牙的瘪嘴告诉我：唛唛（我们乡下对孩子的统一爱称），这是从修这所寺的时候就栽下的茶花呀，听老辈人说有一百多年历史了，每年都要开三个多月呢，而且一年比一年开得还要稠密，村里人都把这棵茶花当作神的化身了，它是在代表老佛祖赐福给每一个积德行善的人啊，十里八村的，来拜一拜这里的佛祖和茶花，就一年到头都有福啦！

　　从那一刻起，我的心里满是茶花的红霞在飞在舞，让我坐站不宁。娇艳的贵气的百年茶花，见到了都能沾上福气，若能捧在手里、插在家里的供桌上肯定能给全家带来更大的福气呢。站在戏台观众席的格子窗前，凝神于似乎触手可及的茶花朵朵，一个巧妙的主意瞬间跳入我的脑海，顿时溅起一片殷红的浪花。

　　我的戏排在下午第二场。草草吃完中饭我就找花灯队长李大叔申请"道具"，我说大叔，《包二回门》的服装道具还差一样——包二送给小姨妹的海棠花，平时是用纸花代替，这次被我忘记带来了。大叔为难地用手抓着头发说，这小村子里大正月的，到哪儿找花呀？我连忙顺手一指茶花树，您看这不是现成的鲜花吗，比真正的海棠花还要好看一百倍！李大叔赶紧压低声音说：唛唛，寺里的东西可是不许乱动的，不行不行。我进一步坚持：那就找管寺的师傅说说吧，没有花我会一句台词都记不起来，一开口唱腔就会跑调呢。耐不住我缠，李大叔只好带着我找到管理老寺的一位奶奶，指着我说这是我们的小主角，需要重要的道具怎么怎么的，起初奶奶也很为难，她说这么多年了也没有任何人提过这种要求，也没人摘过寺里的一个茶花瓣，任由它自然开放、自行凋落。我赶紧说：奶奶，我不是自己想要，我是为了把戏演得真实自然才对得起村里的老百姓呀……奶奶最终还是让步了，念念有词祷告一番后叫一个小伙子搭起梯子摘下一朵又大又红的茶花，这唯一的一朵能捧在手心里的花儿啊，接过花的一瞬间，我激动得心都要跑出来啦，巴不得长出千万只手把花紧紧包裹悉心呵护起来，生怕一不小心它会变成一团火焰飞向天边。

演出自然发挥得很好：包二牵着媳妇儿的手到岳母家回门去了；包二让媳妇儿背着过小河了；包二边跑边唱顺手摘下路边的"海棠花"送给小姨妹去啦，包二看小姨妹的眼神像极了在欣赏七仙女的美丽容颜，自然是因为他献上的是唯一一朵能从树上摘到手里的美艳绝伦的茶花啊！在观众们炮仗般的掌声中谢幕后，我再一次满含深情地望了望这朵饱满而富有灵性的茶花，它仿佛也在祝福我的演出成功，笑得更加温暖、灿烂。夜晚我将它插在一个小瓶子里放在枕边，伴着我做了好多好多彩色的梦。

可是，不幸的事终究还是躲不过去的。

晚上住一位老乡家。第二天早上同行的大妈搅醒我的梦喊我起床的时候，我很不情愿地翻个身、伸个懒腰磨磨蹭蹭坐起来，却找不到自己的任何一件衣物，惊慌失措中双手一阵乱抓，才发现问题不是衣服跑了、裤子掉到床下了，而是我的双眼，妈妈呀，我的双眼睁——不——开——了！我一下惊恐地哭喊起来，引得大妈大姐们也慌作一团前来关心，在她们的议论中我才知道，我的双眼眼皮变成了两条肿胀的肉埂埂，合在一起直接把眼球包裹起来无法见天日了，一个大妈说她只见过有人被毒蜂子蜇了脸之后眼睛才会变成这个样子，但是这个季节哪来的蜂子啊，这是咋整的呢。我把双手的食指和中指变成两把肉剪刀放到眼皮上，用力扒开两条缝，才勉强透过流出的泪水，看见了围在床边的影影绰绰的大妈大姐们，一阵害怕，又连哭带骗地钻到被窝里躲起来，我这个样子咋出得去见人啊。

后来事情的发展颇有戏剧性。村里管事的大叔在帮我找来赤脚医生又是喂消炎药又是敷热毛巾的同时，马郎村一位八十多岁的小脚奶奶闻讯赶来，在我的床前问了我的生辰八字后，解下自己腰上系着的花围腰翻过来倒过去一阵比比掐掐，然后用瘦瘦的却很温暖的手摸摸我的脸颊决然地说：唉唉，你是冒犯了寺里的神灵了！不是碰倒了长明的灯盏，就是故意摘了里面的花草，只有这两种问题。你要诚心诚意地悔过，奶奶帮你求菩萨解除惩处……

回想起短短的一两天里我的所作所为，我当然知晓并且悔过了。一个村只有一所寺，一所寺只有一棵百年茶花，这是供千人欣赏万人敬仰的灵树啊，我生的小贪念加上我耍的小聪明受到应有的惩罚了，这是自己找的呀。想通之后，我又沉沉地睡了一觉。这个过程中，听说小脚奶奶把那朵被摘下的茶花换了清水插到供桌上，帮我诚心祈祷化解，好话说了几大篮子呢。几个小时之后醒来，我浑身轻松了许多，慢慢恢复如常，曾经的肉剪刀根本就没有发挥作用的地方了。

之后我再也没有机会见过这棵茶花，但是她一直植根于我的心中。偶尔向人提起来，除了赞美和欣赏，剩下的就是敬畏。

春娘的花篮

春娘的花篮不是用来装花朵的。

叫它花篮，是区别于糠箩或米箩之类的其他竹器来说，是竹篮的一种款式，篾匠在编好了密实的篮底后，篮身部分专门编出各种形状的空心图案，排列有序，大小一致，既好看又透气，背着轻巧，还省工省料。

春娘的花篮天天都装满宝贝背回家。

春娘的花篮有时装着田埂上割的蛤蟆叶、水芹菜、奶浆草、马豆草，一背回家，圈里的猪们闻见香味，口水就流了一地，马上就开始拱门、造反。

春娘的花篮有时装着从收获后的田地里捡拾到的谷穗、麦穗或者蚕豆，一背回家，门口的鸡们鸭们就兴奋得扇着翅膀，追着春娘咯咯咯咯唱赞歌。

春娘的花篮有时装着新鲜水果、红薯、洋芋，一背回家儿子阿春就连人扑上来，左手一个宝珠梨，右手一个大黄桃，三口两口就把小胸脯淌淋成一块糖醋地儿，粘粘地泛着蜜香。

那一天，春娘在田里低头弯腰割稻子。

田野里满眼金黄的稻浪随风轻舞，一会儿从东漾到西，一会儿从西淌到北，似有似无的沙沙声像是给在田里干活的人们挠痒痒，挠过之后人们越发浑身舒爽，干劲儿十足。

也有风不走云不动的时候，所有的一切都自在地沐浴着金色的阳光，这时候还没有开镰的田里，整齐平坦的稻穗像极了一块块金黄的蛋糕，让春娘觉得，她的娃吃到这样香甜的蛋糕，真是有福了，手里的镰刀就更加麻利起来，心里，早酿制了一汪蜜糖。

春娘右手拿着镰刀轻轻一揽，并不用力割断，几簇稻谷就靠拢来，春娘左手抓住稻草的腰部将它们紧紧捏在一起，右手再用镰刀贴着稻子根部嚓嚓两下，转眼间稻子就被齐整整的割倒躺在田里，这样两三把放在一起，春娘理出几棵稻谷连穗带杆作绳，捆住地上的稻子中间打个松松的结，然后将稻子根朝下均匀地散开成一个圆支在田里，上半部分的稻穗也随之散开成了一朵金灿灿的谷穗花，像一个个圆圆的酒窝，俏俏的长在田里望着太阳公公一个劲儿地笑。

一小会儿，春娘的身后就展开了好多个谷穗花，排着队安静地站在田里，听秋风姐姐讲故事。

春娘沉醉在谷穗花的芳香里，想着自己的娃，娃的脸上也长着两个甜甜的酒窝。

一只黄褐色的田鸡从春娘的脚边蹦跳着过去，背上还背着一只板栗大的小田鸡。春娘看见，心里嗞的一凉，仿佛被什么东西狠狠咬了一口，突然把镰刀往田里一栽，着了魔似的转身就朝着后边的田埂跑去。

田埂上除了有小草在轻轻摇头摆手，什么也不见。

"我的花篮不见了！"春娘大声喊起来，声音里明明白白掺进了哭腔。

春娘疯了一样朝东边的一丘稻田跑去，边跑边喊："我的花篮不见了！谁看见我的花篮？"

春娘又朝西边的稻田疯跑："我的花篮不见了！谁看见我的花篮？"

春娘跑到南边北边的稻田都哭喊着说同样的话，惹得周边割稻子的人们奇奇怪怪地议论开了：

"好好放着的花篮，咋会说不见就不见了呢？"

"不就是只花篮嘛，值得这样哭天喊地的？"

"这个小婆娘怕是疯了，找只花篮像追贼似的到处飞！"

秋风姐姐也停下来，同情地看着春娘哭着喊着一直跑一直找，见人就说，见人就问，见人就哭，就差给周围割稻子的人们下跪了。

春娘的哭喊声，搅乱了稻田的平静，她感觉到天要塌了，跟跟跄跄的脚步让人担心她随时都会跌倒在田里。

隔着两丘田的李老四端着一个玻璃罐头瓶，慢悠悠地朝春娘的稻田走来，罐头瓶里面泡着茶水，李老四走几步停下来喝口茶，走几步又停下来喝口茶，像是来检查秋收工作的领导。

李老四走到几个妇女在的一条田埂上，对她们说："赶紧把那个疯婆娘喊回来，说说她的花篮长成哪样，大家一起帮着找。"他接着说："不然，怕是要出人命啦！"

一小会儿，一个大嫂牵着春娘的手来到李老四的跟前，春娘依然是哭得气喘吁吁的样子，断断续续地说："我的花篮，是上个街子天，才新买的，篾皮编的，篾皮都还是淡绿色的，就放在，田头起那条老埂上，"说完顺手一指。

李老四问："你说说，花篮里面装着哪样？"声音明显提高了八度。

春娘回答："花篮上面盖着一顶，大草帽……呜呜呜……"

李老四开始喊起来："草帽下面是哪样？"

春娘说："有一床，小抱被，呜呜呜……"

糟啦，李老四突然间像疯了似的，吼声震得倒房子："我倒是见过这只花篮,被一条大蟒蛇裹走了!我只捡到一顶草帽,想要么拿你家的小猪仔来换!"

说完,他头也不回地朝自家的稻田走去,愤怒的脚步,把窄窄的田埂踩得一晃一晃的。

春娘呆了几秒钟,突然拔腿追过李老四,堵在他前头一个劲儿的双手作揖,哀求道:"老四哥,你是天下第一大好人,求求你把草帽还给我,把花篮还给我,莫说小猪仔,你要我家的猪圈,要我家的耳房,我都可以给你,求求你啦!求求你啦!呜呜呜……"

奇怪的是,春娘虽然是哭着说这些话的,但脸上明显洒上了阳光的暖色。

一群妇女也忙着跟上去,请李老四赶紧把春娘的东西还给她,要不然,春娘急疯了,她家的娃靠谁养活啊。

李老四也不耐烦说话,只顾咚咚咚朝前走,依然是将田埂踩得一晃一晃的。

几个妇女扶着春娘紧紧地跟上去,不敢再说话,脚步也带着讨好的唰唰声。

李老四走到自家稻田里,在一片金黄的谷穗花中间站住了,人们这才看见,他面前有一间用一捆一捆的稻谷搭起的小棚子,一面空着作门,三面墙是直直站着没有散开的稻谷,墙上面还用几把稻谷横着放上去,充当遮阳挡雨的"房顶"。

最最要紧的是,小棚子里面放着一只果绿色的新崭崭的花篮。

春娘突然扒开李老四,扑进小棚子再次哭喊起来:"我的天啊,我的花篮啊!"

人们刚松了一口气,一个婴儿的哭声尖厉地响起来,随即看见春娘从花篮里抱起一小只粉红粉红的娃,一个劲儿地亲,鼻涕眼泪都抹到娃的小脸上了仍不管不顾,惹得娃哭得更加使劲儿,仿佛被掐了还是被扭了。

人们这才想起,春娘三个多月前刚生了个女娃取名叫春妹。

李老四端起罐头瓶喝了口茶,对着妇女们发话了:"你们几个作证噶,她家的猪圈归我了噶。"

然后他转过身来,用手指着春娘恶狠狠地兴师问罪:"你瞧瞧你,把几个月大的肉坨坨放了离自己那么远,半天不去照管,就不怕被蛇咬了、被蚂蟥叮了?或是被狼狗叼走了?"

还不解恨,李老四不依不饶地像是想把春娘骂死:"还哭着喊着只会到处找花篮,花篮是你爹还是你娘?花篮装的是金子还是银子?你要吐出来呢嘛!"

最后一句,李老四弯下腰去,直接把嘴逗着春娘的耳朵骂:"像你这种没出息的憨婆娘,娃娃要是有个好歹,你就直接去猪圈墙上撞死算逑!"

春娘才不管呢,抱着娃坐到田埂上,解开衣襟掏出山林果一样红红的奶头,快速地塞到娃的嘴里,本来还在尖声哭喊着的娃,就像小猪嘴拱到了苞谷面糊糊,啧啧啧地砸起来。

反倒是好心的大嫂们听不下去了。

一个说"老四哥消消气,不是刚刚土地包产到户才一年嘛,春娘可能还守着以前生产队的老规矩,怕带娃出工被扣工分,所以不敢声张嘛。"

另一个说"春娘是被稻谷丰收欢喜晕头了嘛,只想快点打下粮食让娃吃得饱饱的、长得胖胖的,一时没说清楚噶。"

春娘抬起头,对李老四和大嫂们投来感激的一笑,脸上趴着两条蚯蚓样的泪痕。

戏里戏外米花糖

我娘说,我们家阿莲呀,几乎是先会唱歌后会说话的,小时候连尿尿都是哼着小调尿的呢。就是这句话,把我十一岁就推进了村里的花灯队。

当然,对于娘来说,我进花灯队可算是名利双收了:一来可以为全家人脸上抹光,几场戏下来,村里人都知道我是能说会道、能唱会舞的小精灵,爹妈不知道要收获多少羡慕的眼光呢;二来可以在排练花灯的时节每天挣到5个工分,在当时,生产队到年底结算时5个工分可以分到一毛钱,相当于一个壮劳力在太阳底下干上大半天的收入,咋不令人眼红呢。难怪村里的跛脚二奶奶每次一步一扭地走过我家门前的时候,总要对着正在切猪草的我娘说:瞧瞧你家阿莲,嘴有一张,手有一双,真是养着凤凰啦!

不过我得申明:能进村里的花灯队可全是凭我自己的真本事。你回头想想,那时候在我们村,像我这么大的娃娃,谁有能耐爬在队里知青房的窗台上偷看过几场排练后,就能在正式演出的时候藏在拉二胡弹三弦的乐队里给演员们递台词、给乐队说出该奏"补刚调"还是"金纽丝"呢?

所以,在我演的第一出戏《包二回门》里,我算是出尽了风头。这出戏讲的是很早以前的封建时代,一个小康人家的顽童名叫包二,十二岁就娶了比他大八岁的童养媳阿鲜,婚礼之后按当地风俗到岳母家去"回门"看望一家老小的故事。我就演戏中那个又天真、又淘气、又机灵的主角包二。包二出场了，我（他）牵着媳妇的手，一会儿追蝴蝶，一会儿摘菜花，走累了还要媳妇拿出米花糖来哄才肯继续往前走。米花糖是我们乡间一种很受欢迎的零食，一般将大米或是小粟米先炸成"爆米花"，然后拌上饴糖、少量芝麻等配料，再"滚"成一个个圆圆的米花球，乡间也叫米花团。妈妈说，作米花糖最重要的技术就在于"滚"，要把拌好料的散沙一般的米花"滚"成一个个圆球形的吃食，且个个像乒乓球那样标准圆滑，不歪不斜，又好看，又好吃，那才叫手艺。可以说，我是啃着米花糖长大的，但至今从没见过是怎么"滚"出来的，算是一种小小的遗憾吧。

我最爱演《包二回门》这出戏，主要是因为我最爱吃米花糖。每次演出时队里管道具的巧凤姨都要给我准备三五个芝麻味的米花糖，让我一边演一边能"嘎嘣嘎嘣"吃个够，那一声甜似一声的脆响，那"嘭嘭嘭"直往外喷的香气，足以让半个村子的小伙伴们馋得淌口水，恨不能亲自蹦上台来当一回"包姑爷"。有一年正月初二，我在村里的戏台上正在津津有味地啃着米花糖走在"回门"的路上，忽听台下一个小孩尖声哭喊起来："妈妈，我也要吃米花糖！"台下立刻像油锅里炸了一个大水球一样，哗哗的笑声一浪接着一浪，半天才平息下来。你猜是谁？原来是我四岁的小弟弟在娘的怀里大声哭嚷：为什么姐姐吃米花糖不分给我？哭得很是伤心，把娘的衣襟弄湿了一片。

说起米花糖，我就想起卖米花糖的小伙伴纯玉。

纯玉是我们邻村的小姑娘，和我们一般大的年纪，生得柳眉杏眼，白白嫩嫩，很逗人喜爱。我上小学二年级时，她就开始几乎一天不漏地来我们学校门口卖米花糖，一直到我小学毕业。她背着差不多和她一样高的"高底篮"（小孩子眼里这是深不见底的背篓，妈妈常吓唬我们说，如果不听话就会被背高底篮的外乡人背到永远也回不了家的地方一辈子帮人磨面，做牛马一样的活计），篮里面装满了乒乓球一样大小的圆圆的米花糖，一棵一棵被炸得胖嘟嘟的米粒乖乖地抱在一起，被裹上一层甜甜的饴糖，在阳光下闪闪地发着亮光，两三分钱一个，香脆可口，很是解馋。凭着我们对米花糖的偏爱，我很快就认识了她，并知道了她所在的村子和名字。

有一次，课间跳绳完了一个回合之后，我关切地问她："纯玉，你为什么不读书？"

她伤心地低下头说："爹妈不让读。他们说女娃娃只要认得自己的名字，分得清男女厕所就行了。这两样我都已经认得了……"她肯定恨自己为什么不生笨一点，好跟我们一起享受上学的快乐时光，我的心里酸酸的。

有时我们跳橡筋舞想拉上她一起，可她死活不愿意参加，只在一旁呆呆地看。我们一边跳一边唱着大人们教的歌谣：

小独囡，搓汤团。
搓得大，姑爷骂，
搓得小，婆婆恼。

一来二去纯玉也学会唱了，当我们跳得开心顺畅的时候，她就在一旁拍着手为我们伴唱，我便跳得更加起劲，仿佛专门为她表演一样。我时不时回头对她一笑，就能看见她眼里荡起的快乐涟漪。

那年我十三岁，考上县城中学读初中。纯玉知道后专门跑来我们村，咬着耳朵和我说了几句悄悄话，她说："阿莲呀，你去山外边读书肯定会有好前途的，我就只是卖米花糖的命了。但是我将来找婆家，一定不找你们歌里唱的那种，我要找姑爷不骂、婆婆不恼的好人家，吃萝卜咸菜都香甜。"说完她羞怯地笑了。我没有笑，只默默地祝愿她能找到如愿的姑爷、如愿的家。

可是时隔六年，当我学业完成从省城回到家乡，听到的是令人震撼的悲剧：纯玉疯了！

原来，十八岁的纯玉到县外卖米花糖的时候，认识了淳朴厚道但家境贫寒的阿坤，两人一见倾心，但她嫌贫爱富的父母不但坚决反对，还采取了非人的措施：阻止阿坤来访、将纯玉长期锁在阁楼上，活生生把一个健康俊秀的姑娘折磨成整天只会纳鞋垫想姑爷的傻妹妹。半年后，一个北方手艺人来到她家，丢下一只火腿、两箱糖果和一个装有一百张"大团结"的红包，像牵一只小绵羊一样带着纯玉踏上北去的火车，说是去找她日思夜想的"姑爷不骂、婆婆不恼"的好人家去了。

从此我再也没吃过纯玉滚的米花糖了。

石头缝里的面梨

这一天，秋风姑娘轻轻吻过果园中的每一片树叶，沙沙的问候声告诉小河、庄稼、梨树说：我绕地球一圈，旅游回来啦。

小河就放缓脚步，调低了欢唱的音量。

土豆、高粱、苞谷们听了，就轻轻摇动手臂，表示欢迎。

宝珠梨姐姐听了，赶紧收回漫游仙境的想象，专心地在心中储存蜜糖。

麻梨婆婆听了，连忙丢开和小蚂蚁的开心游戏，加紧在脸上织出许多褐色的麻点点，用来防御细菌的入侵，锁住汁液中的水分。

海东梨大叔听了，开始咕咚咕咚地从地下大口吸水，好在肚子里积攒酸酸甜甜的各种美妙故事。

只有个头小小的面梨，羞羞地藏在密密的枝叶间。她一向不喜欢抛头露面，只静静地听着梨园中的各种音乐盛会、武打比赛，以及蛐蛐儿、蝈蝈儿们谈情说爱的呢喃低语，默默地把自己的心事和梦想凝聚成无数个银色的小颗粒，不到成熟之时，是不轻易在阳光下露出铜红色的小脸和霜花样的肉质的。

荞米是村里最能干的小姑娘，才十一岁，就已经学会了煮饭、喂鸡、找猪草这些家务活。这天她约好了谷花、芹香、文秀几个小伙伴，放学后到石头山脚的苞谷地找猪草。

这一天，荞米心里还装了一个小秘密，把心窝撑得满满的，走起路来胸中像有只小鸟在前后左右地扑腾，忍了好几次，总算没把小鸟放出来。

荞米背着妈妈新买的小花篮,带上小镰刀,几个小姐妹说笑着走出村不远,就钻进了一块长长的苞谷地,荞米说她侦查过,里面的猪草特别多。

是啊,猪吃百样草,看你找不找。小伙伴们从小跟着自己的妈妈,今天学会认一样草,明天学会识一种菜,一起出来时,又互相教教,几年下来,田地里能割回来喂猪喂羊的草都认得几十种了,每次出来,绝不会只背回去半篮子野菜的。

进了苞谷地,小伙伴们果真看见在齐整整的苞谷杆队列之间,贴着地皮长着许多的野草,在苞谷叶投下的光影中安静地生长。酸浆草正打着米粒大小的白色花骨朵,被铜钱样的肥肥厚厚的叶子托举着。面根草先是顺着地面趴着长,一遇见可以攀附的枝条,就会立即改变路线和姿态,围着苞谷杆之类的高枝儿一圈一圈地疯狂缠绕,一般小伙伴们不爱去采它,嫌烦,费力。哈哈,今天运气好,谷花最先看见一片解放草,长了刚有小板凳高,嫩嫩绿绿的还没长出花苞,像稻秧田里的秧苗一样挨挨挤挤,大家只需一人占领一沟,唰唰唰地往前顺着割就是,不一会儿几个人的篮子就装满了,压得实实在在的,再也塞不进任何东西啦。

此时的荞米,实在忍不住要放出惊喜的小鸟啦。她把装满猪草的花篮放到一棵麻梨树树根旁的荫凉下,神秘地眨眨眼说:"今天有好东西吃,管饱。"

小伙伴们欢呼起来,跟着荞米把一只只装满猪草的花篮集中放到麻梨树下。开始进入下一个节目:撒欢、游戏、填肚子。

她们把荞米围在中间,像粑粑花的花瓣一直围着花心转一样,期待着马上就有好吃的东西捧在手里、塞进口中。

谷花性子急，央求道："荞米，快说说是哪样好吃的，我都快饿死了。"

荞米说："圆圆的、甜甜的、沙沙的。"

"是蛋清饼吗？"芹香问，忍不住咽了咽口水。

荞米笑一笑，摇摇头，继续朝前走。

"是鸡蛋糕？我都快一年没吃到鸡蛋糕了！"文秀的声音把大家都快逗疯了。

荞米还是笑一笑，摇摇头。带着大家走出苞谷地朝一块青灰色的大石头走去。

到了大石头跟前，荞米开口念道："公鸡叫，母鸡叫，哪个找着哪个要，开始找吧。"

这块大石头比大人还要高，有半间房子那么大。可石头顶上光秃秃圆溜溜的，怕是蚂蚁上去都要打滑呢。小伙伴们围着大石头慢慢走了一圈，眼都不眨地瞅着周边，可除了满地茅草、一棵不高的火把果和几丛乌饭果（一种可以吃的黑色小野果）之外，一无所获，都失望得不打算再理荞米啦。

荞米呢也不急，叫小伙伴中出一个帮手，其余的按要求转身望着远处的小尖山顶不准回头，说一会儿好吃的就跑出来啦。

谷花主动作为帮手，按着荞米的意思，先找来一根带权钩的棍子，用钩子把那棵火把果枝条钩住紧贴在石头上。荞米小心地顺着火把果的根部扒开茅草，居然露出了一个洞口，荞米轻轻地用镰刀伸进洞里去掏，第一下掏出来一些干茅草，第二下还是掏出来一些干茅草。第三下，荞米站在一块小石头上，踮起脚尖用手去掏，掏出了两个金黄金黄的圆果果……只一小会儿，大石头旁的草地上就变戏法似的摆上了几十个金黄金黄的圆果果，散发出诱人的香气和铜红色的光泽。

"面梨儿!"大家欢叫着,一起扑向这些既能解馋又能饱肚子的果果。饿痨痨地一口咬下去,甜甜的、沙沙的味道顺着舌尖滑向肚里,像土豆一样面面的,又像蛋糕一样软软的,还有一股特有的香味。因为吃得狼急,面梨的水分本来就少,文秀被噎得脖子伸得老长,眼泪都噎出来了。

面梨的个头和鸡蛋差不多大小,每人吃下两三个后,谷花才想起来问:"荞米,现在树上的面梨才刚刚开始上色,从哪整来这么好吃的?"

荞米说:"我和妈妈割茅草时发现,小河拐弯处那棵面梨,因为通风好光照足,每年都熟得特别早。前几天我们就摘了一些藏到石头缝里。面梨有太阳光辣辣地晒着,温度高;有茅草厚厚的垫着,不会潮还透着气,捂出来特别沙甜。"

从此,小伙伴们有福啦,一年接一年一起动手,都能吃到初秋沙沙甜甜的面梨。后来,大家一起出主意变换着捂面梨的隐秘地点,有时在树洞里垫上茅草捂,有时干脆找个口子破了的瓦罐装起来藏到刺蓬里捂,过个七八天刨出来,照样是又解馋又饱肚子的美食,面梨伴随小姐妹们度过了贫困而快乐的童年。

荞米现在想起来,唇上仿佛还沾着面梨沙沙的霜花似的白色颗粒,忍不住要用舌头舔一下,又舔一下。

莲花落的泪水钱

  云南花灯和其他地方剧一样，有很多种调门。一个主角出场，往往在后台就开始用"道情"或"走板"边唱边走，迈着碎步娓娓道出角色的身份和此时此刻的心情状态，一段下来观众已基本知晓该角色的来龙去脉，接下去就可以津津有味地关心后面的故事了。若是剧情发展到主人公悲痛欲绝的地步，大概只有"五里塘""全十字"那种哀戚得足以让人窒息的调门能够表达了。现在我要说的是另一个花灯调门——"莲花落"。在我们乡下，众多花灯调门中最能引起观众共鸣的当数"莲花落"，大多作为剧中的主人公因不幸遭遇被命运所迫去沿街乞讨时惯用的调门，唱这个调门时演员一般拿着一根打狗棒边舞边唱，唱词多是诉说沦为乞丐流落街头的前因后果的，且每唱一句就有一个婉转流畅的衬腔，朗朗上口，悲悲戚戚，极具感染力。

  有一年我随村里的花灯队到呈贡大河口村演出花灯悲情剧《小放羊》，讲的是一对姐弟因生母早逝，受尽后娘（我们地方上叫老晚妈）虐待只得背井离乡寻找亲生父亲的悲惨故事，当演到姐弟俩不得不打着"莲花落"沿街乞讨时，观众被演员栩栩如生的表演形象和投入的凄惨诉说所打动，不由自主地陷入了剧中，跟着应和起"嗨多莲花呀——海棠花呀！"的衬腔，一遍又一遍倾情诉说，一声又一声悲伤呼喊，舞着、唱着，演员流泪了，观众中年长的爷爷奶奶开始掏出手帕，想捂住情不自禁的眼泪鼻涕，然而情感的大坝一旦决口，你纵然是筑起"手帕长城"也无能为力了。一个坐在前排的老奶奶埋下头去，半天没抬起来。糟了，奶奶不会有事吧？我从布幕后面探出头来，眼睛睁得像铜钱一样紧紧盯着：只见奶奶哆哆嗦嗦地用左手拉起系在腰间的围腰的上面一层，然后将右手伸进缝在下面一层围腰布上的口袋里，摸摸索索掏出了几个镍币，她将镍币捧在手里凑到眼前，看了半天后拣起一个五分的镍币（我从远处看镍币的大小初步判定应该是五分的），毅然举手丢上台来，像瞄准好一样刚好打在正在打"莲花落"的小演员的打狗棍上，"仓"的一声被弹到墙上又被重新弹回来跌落在脚边，转了几个圈才停下来。

这下可了不得，顷刻间只见台下的纸币、硬币、水果糖、米花团像三月油菜花地里的小蜜蜂纷纷飞上台来，随后叫好声、哭泣声、赞叹声、吟唱声交织在一起，分不清谁是观众谁是演员，谁在诉苦谁来认亲，人们的情绪达到了最高潮。我想，若是允许，肯定会有好心的大婶大叔将台上的苦难姐弟领回家去，现时到鸡窝里抓两个鸡蛋来给他们炒饭吃呢。这时，只见花灯队队长郎大叔款款走上戏台的右边，脱下头上戴的黑色毡帽，给观众们深深地三鞠躬。而台上两个演员呢，更加的泪雨滂沱，根本分不清是喜是悲了，只是丝毫不乱地继续演出，该说就说，该唱就唱，一板一眼都越发认真、越发卖力。

那天演出结束后，全体演员赶到台上拣拾观众们的慷慨相助，一清点竟有六十多元，在当时足够买一头七八十公斤的大肥猪了，可见民众的力量、民间艺术的感染力所在。当然，按照行规，这些钱最终用来购买服装道具，添置锣鼓家私。哪次演出打"莲花落"收获的泪水钱最多，就为演员成长为主角或名角增加了最有说服力的真正筹码。

　　那时的乡间戏台，"丢钱"的场景比比皆是。村人一听说哪天村里唱花灯，早早地就用板凳、草墩、土坯甚至写上名字的狗头石把着位置，早准备好平时从牙缝里省下的零钱，为的是情不自禁时的畅快一丢。

　　虽然乡间节庆的锣鼓声已渐渐离我们远去，但至真至纯至善的乡情却永远不会消逝。

阿　黄

阿黄是我们家一条狗的名字，是爸爸给取的。

那年正月间，爸爸妈妈到几里外的邻村走亲戚。回来时走过一片麦田，爸爸听到身后有窸窸窣窣的声响，一扭头，见一条小黄狗正屁颠屁颠地跟着跑。这个瘦小可怜的小东西尽管跑得很吃力，却非常专心、勇敢，像跟着主人出来训练一样。见爸爸回头，它轻轻停下来却并不走开，爸爸一走，它又屁颠屁颠跟了上来，并撒娇似地哼哼叽叽地叫，那神情好像是在说："等等我，等等我。"

"猫来穷，狗来富。"母亲这样说，何况是在喜庆大吉的正月里。爸爸妈妈高兴地收养了这条不知从哪里冒出来的小狗，我们姐弟就多了个可爱的小伙伴。

阿黄是条很通人性的小狗，从不挑食，南瓜、白菜、洋芋都吃得津津有味，一边吃一边将小尾巴一摇一摇地舞成了一朵花。我们吃饭时，它静静地站在一旁，见谁掉了一点饭菜就轻轻走过来吃了又退回原位。有时我用筷子夹起一点饭菜在它眼前晃晃，它就咽着口水摆着小脑袋轻轻叫唤，我把吃的扔给它，它的尾巴就舞成了一朵小花，漂漂亮亮地开在我的面前。每天吃完饭，喂阿黄成了我的专利，我天天看着它埋头舔完最后一颗饭粒，最后一滴汤，看着那美丽的尾巴花越开越大，半年过去，阿黄长成了一条健壮的、毛色橙黄光亮的大狗。

村里双贵家有条大黑狗，见了生人就咬，特别爱欺负小孩。

有一天我忙去上学快步从他家门口经过，那大黑狗就汪汪叫着向我冲来，我吓得闭上眼睛大哭起来，书包也掉在地上，可奇怪的是，那狗儿并没咬我，反而有什么东西蹭着我的腿咕咕地哼着，我睁眼一看，原来是我家阿黄像从天上掉下来一样，保护了它的小主人。那黑狗呢，只敢退到门前呆呆站着，完全没了威风。从那以后，阿黄几乎天天送我去上学，过了双贵家门前才转身回去，渐渐地和那黑狗也成了好朋友，经常一起追逐、打闹。

阿黄除了看家，还能做许多家务呢。妈妈喂猪时对阿黄说："阿黄，看好猪别乱跑。"它就守在一旁，哪头猪吃了几口想出去遛遛，一抬脚就被阿黄汪的一声吓得缩成一团，专心吃食。猪吃饱后，阿黄就左边跑跑右边忙忙把猪赶到圈里，守在圈门口等人去关门，猪儿也只好乖乖地睡了。阿黄和我家的鸡呀、猫呀也是好朋友，有时让大花猫枕着它的肚子晒着太阳睡觉，有时在夜间将出来作乱的耗子逮住，咬死了丢在墙脚……它成了我们家不可缺少的一员。

有一天，我从秧田里捉了几只泥鳅回家，却满村子找不见阿黄的影子，晚上，我疲惫地倚着门框等阿黄回家，妈妈说："阿黄怕是跟着村里人赶街迷了路找不着家了，你别难过，过几天我去你外婆家重新抱一条来。"说着，妈妈递过十块钱给我："拿着，明天赶紧把学杂费交了。"我才想起，老师已经催了好几次交下学期的学杂费。

第二天一早我去上学，一路上左顾右盼，巴望着阿黄突然从路旁的树林里蹦出来，送我一段路，安慰我流泪的心。可是，阿黄，你在哪里？

交学费时，同学小芳咬着我的耳朵说："你妈妈把你家阿黄买给外村人了,这钱是卖狗得的。"我一听浑身酥软,抓住她的手大声问:"真的?"她说:"骗你是地上爬的。"

我像疯了一样跑回家,要找妈妈问个明白,可是家里锁着门,冷清的院子里只有几只鸡在刨着土找虫吃。我知道妈妈此时一定在田里,头顶大太阳淌着大汗干活,为了供我们读书,妈妈够辛苦的,可她从不叫苦。

我站在田埂上,望着远方,在心中呼唤阿黄:阿黄呀,你在哪里?你是成了人家滚滚的汤锅里的肉呢,还是被铁链捆着在痛苦挣扎?

我多么希望阿黄是走失在陌生的地方,日夜奔跑着寻找我们的家,终有一日满身疲惫地归来,轻轻地,轻轻地用头蹭我的脚。

我的眼前,会永远盛开着那朵橙黄色的美丽的尾巴花。

青苹果乐园

每一场花开
都曾历经漫长的等待
就像每一次梦里的遇见
都缘于千万次目光的交汇与游走

来路与去向
其实早已藏在光阴的编织里
日子逐渐拉长
就会越来越分明

第一张名片

其实，那天我只是到一个叫小板桥的地方，办芝麻大的一件事。

来到公交车站，我才发现等车的人就像秋天山坡上的向日葵，高高矮矮、密密麻麻地站了一大片，像我这样的一米多点的个子，能照顾好自己不要被人撞着踩着、不要被车扔下已经是万幸了，想占领一个凳子，如同白日做梦。我尚有自知之明，站到一旁，心想离那些强者远些的好。

车来了，"向日葵"们开始涌动。不料，那司机仿佛是收受过我的贿赂一般，不偏不斜地将一道车门对准我一脚刹车，迅速打开车门，我便轻而易举地抬脚上车，选了一个好观风景的凳子坐下，看窗外蓝蓝的天上飘着几朵淡淡的白云。

一切归于平静之后，车舒了一口气缓缓启动。

"小姑娘，请问你到哪里？"。我惊异地抬头，看见一个躬腰驼背的老人用一只干瘦的青筋突出的手抓住我座位的靠背，爬满皱纹的脸流露出笑眯眯的讨好神情，还有一撮花白的山羊胡须在一动一动地告诉我：我已经很老了，我快坚持不住了！

"啊——啊——哦！我、我到昆明。终点站才下呐。"说出这句话，我除了认为自己向成熟迈了一步，内心有的几乎全是坦然。

"噢……"他叹道。我没有抬头看他，我不知道他这一声"噢"，是表明他知道了我的目的地，还是明白了我的铁石心肠。

  这条通往省城的公路现在已不堪重负，被越来越多的车辆碾压出了许多浅坑，车行走起来常常像一只肥硕的大白鹅在跳舞。当我忍不住偏过头悄悄瞟一眼他的时候，他已恢复了一个老人特有的沉默。迷蒙的双眼一会儿望着窗外，一会儿又吃力地在周围搜寻着。我很是为他遗憾，连车上放的台湾一个歌星的歌都在尽情地释放痛苦和无奈，仿佛不吼到所有的人都跟着他一起痛苦和无奈就誓不罢休。他前后左右坐着的那些大哥大姐姐，恐怕没有一个姓"雷"的吧。同时，我又有了一丝隐隐的不安：不知我远在大理的外公，是不是也这么瘦弱无助？只是我浑身被一种怪异的东西捆绑着，动弹不得。

  车开玩笑似的来了个急刹车，老人猛地向前一扑，撞在一个高大的男人身上，得到了一句重重的责备"前面又没有美元，激动些哪样？"老人像一个受了委屈的孩子一样，解释："这车……"

  "这车咋了？嫌挤嫌烦你打奔驰去。"

  我这个曾经的学校演讲冠军觉得，这家伙练口才也太不挑地方了，刚想委婉地劝上几句，车子突然往右边一扭腰，老人一个趔趄倒向我，我赶紧双手接住，我可不愿被你这把硬邦邦的老骨头撞疼了。

  "太谢谢你了。"他站稳后对我说，但身子几乎要蹲下去了。

  我不知怎样回答，只感到有五颜六色的目光在向我射击，让我如同坐在电烤炉上一样难受。突然我站起身来，怯怯地说："您坐吧，我快到了。"说完后我将他扶到座位上，但始终不敢抬抬眼皮，生怕别人认为我在炫耀自己。

"那……你不是到昆明吗?"他浑浊的目光现出了明亮的光彩,充满感激地看了看我,才不知所措地坐下了。

"您坐就是了。"我若无其事地抬眼扫扫周围的人,见大家也都若无其事,有些慌乱的心才平静下来。

"你是到昆明走亲戚呢?还是找朋友同学?"

"我到昆明买东西。"我唯一的救命稻草就是一鼓作气将谎言进行到底。

"现在社会复杂,出门千万要小心啊。我这几天关节疼痛,差一点点就挤不上来了,我有福气呀,遇上你这样好的人。若不是你这么好心,我可能瘫在车上了。"

唉,不用说你们也知道我的脸已红到耳朵根了。

"小姑娘,我在天文台工作,退休八年了。我也有个孙女和你差不多大小。我真希望你们俩能成为好朋友。"说完,只见他把枯瘦的右手伸到上衣口袋里摸索半天,一次拿出来一支圆珠笔,一次拿出来半张烟盒纸,然后仿佛我不存在一样地,将纸垫在大腿上写起来。

车在晃晃悠悠地继续舞动着前进,我心里的涓涓细流也在晃晃悠悠地享受着这天上掉下的赞赏,随时准备着车子再次蹦起来时,伸出我青春年少的胳膊扶他一把。

"拿着,这是我的地址和电话。随时欢迎你来和我孙女一起看星空、看宇宙奇观,我会亲自给你们讲解,到那时你会发现,世界有多么美妙、神奇!"他像孩子一样纯真地笑着,将写着地址姓名的半张烟盒纸递给我。

好　雨

"催雨的太阳!"母亲擦了擦额头上密密麻麻的汗珠,望着天空肯定而欣喜地说。

是啊,该下雨啦。原本长得葱葱茏茏的黄豆、玉米,已渴得无精打采地卷曲着叶子,无可奈何地沉默着。没有蛙声,没有风,偶尔飞过几只小鸟,也是逃命一般找地方歇息去了。

回家吃完晚饭,空气显得越加沉闷,趁着太阳还没落山,我打算回学校。母亲望着铺天盖地的云说:"别去了,会淋成落汤鸡的。"

我笑笑说:"不怕,我就是成心送给雨淋去呢。"说完跨上自行车,朝着离家几里地的学校奔去。

果真是一场大猛雨。

豆大的雨点慷慨地洒在干渴的土地上,顿时被吸吮得无影无踪。雨点打在我的雨衣上,那声音仿佛噼啪作响的爆竹声,令人振奋。我激动地半眯起眼睛,欣赏路上溅起的白色水花,一朵连接一朵,一片连接一片,望不到头,如果不是路两边的果园在雨中舒展出千种风姿、万般媚态,我还以为自己进入了一个水上冲浪世界,任身心纵情遨游在水花之中,想要涤荡出一个全新的自我。

雨是久盼的。对于热切渴望的一切事物的到来,即便俯身贴地,心也是畅快的。在雨雾中,我已无意于分清哪是天地哪是我,抱定了念头去迎接预料中的艰难困苦,坦然承受一切,无怨无悔,其至还会从中派生出很多乐趣来,比如今天,借着这潇潇爽雨的大背景,我就大声唱起了深情的歌"……天空中虽然下着雨,我依然,等待你的归期。"天作幕帘地作舞台,歌者是我,听众是我,伴奏是雨,掌声是雨,我唱得无拘无束,酣酣畅畅,使自己和整个雨中世界都深深陶醉在一种悠远无边的境界中了。

到了学校,雨还在持续。想起母亲的担忧,想起一路见到的那些龟缩在树下、房檐下躲雨的人们,我不禁开心地笑了。

青苹果

雨季来临，院子里的花草树木越发显得葱茏可爱，那浓稠的绿荫真叫人迷醉，我禁不住每天走过时都要慢下脚步多看几眼，多吸几口香甜的绿色气息。

有一天，我馋馋的眼睛在一棵树的绿叶间，居然发现了两个果子，且整棵树上只有两个！

这是一棵大概三米多高的树，看树形枝叶酷似苹果树，那两个果子在密密的树叶间若隐若现，像两个窃窃私语的少女，几分羞涩，几分娇嫩，煞是惹人喜爱。只是它的模样长得有些特别：果子中间鼓出，两端稍细，又像两个古典的玉花瓶挂在枝头，摇摇拽拽，风情无限。

"这是什么果？"我问过好几个过路的人，有说苹果，有说海棠，有说花红，终无确切定论。这就更加引起了我的好奇心，关注的欲望越发膨胀开来，烧得我每天路过都要"痴情"地看了又看。

十多天后，我做了一个梦，梦见那两个玉瓶被神仙收入囊中，从此绝尘而去，惊得我连爬带滚赶到现场，幸亏，它们还在，懵懂地享受着大自然的阳光雨露。只是从那一刻，浓烈的担忧就住进了我的心房：我一会儿怕风稍稍用力，它们就落到地上成为玉碎；一会儿怕虫子蚂蚁在它光洁的脸上啃出一个坑，毁了这娇美容颜；一会儿又担心它被一双比我更馋的手摘了去，那我这段时间以来对它所倾注的热情和关怀岂不付之东流？

一个"先下手为强"的邪念就在一瞬间产生了，且不离不弃，折磨得我寝食难安。

我找来一根竹竿，再找来一个助手，请她用一顶帽子在树下接应，轻而易举就得到了这两个日思夜想的果果。

我把它们捧在手里，抚着它们光滑如缎的粉嫩肌肤，嗅着若有若无的香气，瞅着它们泛出的绿绿的荧光，终于忍无可忍暴露了贪婪的本性，一口咬下去！

哎哟，什么鬼味道。又酸又涩又苦，还像块生铁似的硌牙，真是不吐不快。只一瞬，我就懂得了"希望越大失望越大"的深刻含义。

一时冲动，竟做出这等蠢事。偷摘"青苹果"，甚至连果子的真实姓名、属性都没弄明白，美味没尝到，还白白破坏了一方夏日的好景致。

原来自己全心憧憬的，并不一定就美好。

徘徊在那个窗口

那年我十八岁,师范刚毕业分配在一所山村小学任教。读了些书,朦朦胧胧开始领悟生活的甘苦,觉得心中有饱满的热情和斑斓的梦幻在激荡,促使我拿起笔,在洁白的稿纸上开始蹒跚学步。

第一首关于夕阳的小诗写成后,羞羞涩涩地在我笔记本里躲了好些日子,我想寄出去,让人们与我一起分享那温馨如梦的美丽世界。可寄往哪里呢?众多的报纸杂志我直接不敢想象,想来想去,作为一个初学写作者,还是投给本县文化馆办的刊物吧,本乡本土的,即使写得再差老师们也不至于公开打击和笑话我吧。于是我带着稿子,像揣着一个重大的秘密,骑上自行车直奔县城。

文化馆就在县城运动场边的平房里。到达时我远远地看见门窗开着,不觉一阵高兴。可一想到自己包里的诗稿,在编辑老师的眼里会是什么样的结果呢?心就不由得狂跳起来,仿佛我是来做贼一样。

越是走近那排房子,我的双脚越发迟疑起来。像小河边的一朵蒲公英一样毫不起眼的我,绕一转县城还认识不到三个人。写出的小诗小文,甚至连自己的好友都不敢给看,怎么可能正儿八经地刊登出来与众多读者见面呢?

这时,刚好一个戴眼镜的男人端着盆出来倒水,吓得我赶紧转过身,装作在看球场上人们打篮球,"砰砰砰"的心跳声自己都能听到，眼睛跟随那个在七八个人手中被争过来抢过去的篮球，木木的双脚却好半天都不敢动一下……徘徊，徘徊，徘徊在那闪烁着学识与文化的窗口，心中充满敬畏，怀揣着能够被帮助被认可被赏识的热望，却始终没有勇气跨过那道门槛，如一只怯懦的羔羊，徘徊在芳草地边上，硬是不敢踏进去一只蹄子。

现在回想起来，我在当时的文化馆门前走来走去大概绕了一两个小时，甚至连往里面多看几眼的勇气都没凑够，倒不是我把自己看得过于笨拙、卑微，而恰恰是我对那神圣的文学殿堂倾注了太多的虔诚，生怕自己才疏学浅一笔写糟，伟大的缪斯从此拒我于艺术之门外。

后来的结果是，我将诗稿工工整整地叠好，装入信封，还特地像小时候奶奶为我喊魂在纸钱上哈气一样，闭上眼睛对着信封抒情地哈了一口气，将信封投进了那只绿色的邮箱——邮局就在运动场的另一侧，离文化馆的办公室不过二三百米，却花了我8分钱的邮票，耗去我半个下午的青春。

一个月后，一个已经谢顶、头皮亮光光的老同志，骑着一辆破旧的自行车来到我所在的小学校。当我捧起那本印有我的《夕阳情》的刊物时，它散发出来的油墨香气，和手工刻蜡纸一笔一画的正楷字迹，让我觉得那是我十八年来得到的最珍贵的礼物，因为，我终于找到了组织，找到了能够为我指点文字牵线搭桥的老师。

梧桐雨中的遇见

我承认自己是一个贪得无厌的人。诗、酒、花、茶、山水、美食、书香、美玉,无一不想亲力亲为,品尝其中真味,想在此生有限的时空里,盘算好兜里有限的银子,尽可能拓展生命的宽度和深度。

所以一直努力地在大地上行走。所以初涉江湖就遇见了美酒,且一见钟情。

十八岁那年的青葱年华,在一个绿意盎然的人间四月天的午后,我在学校操场一个人随意走走,被一场突如其来的大雨驱赶到一棵梧桐树下,站定后才发现,那棵粗壮的梧桐树杆上长满了各种形状的眼睛,线条清晰,神情各异,在暖暖地注视着我的同时,还暗示我:树的另一边还有一个躲雨人。偷偷瞟一眼衣着,我立即判断出是个男生,一下子不由紧张起来,连梧桐树的眼睛也不敢直视了。

眼看着雨没有停歇的意思,梧桐树努力张开的千万只绿色手掌已经搭起一个巨型的伞盖,可一些雨滴还是会从缝隙间漏下来,凉丝丝地落到身上来,我心里的焦躁就开始和豆大的雨点竞赛似地较起劲来。还好,像是上天安排好的一般,一个沉稳浑厚的男声及时温和地传过来:"你是那个班的?"

然后简单略带生涩的交流就在四周雨帘的装点和伴奏下徐徐展开,渐渐地我感觉这雨已没有先前那么烦人了,然后发现这是一场充满温馨的及时雨,让两个素昧平生的人遇见,却仿佛早已熟悉多年……再然后,他大方地邀请我到他们宿舍去继续聊他看过的书、他的小提琴和写在笔记本上的一首首小诗,我一扫之前的紧张欣然前往。等从食堂打来饭菜共进晚餐时,不知道他居然从哪里弄来了一瓶红葡萄酒,于是就邀约他的舍友一起,我平生第一次用十八岁的羞涩唇瓣浅尝一种充满神秘力量的液体。

那是一瓶有着鲜艳色彩的葡萄酒,应该也就十多度吧,轻轻抿一口,有着葡萄的天然香味、甜味、酸味、涩味,就算放到现在也算得上是生态放心的好酒呢。关键的焦点是:那样一种透明的枚红色液体正契合了美丽的初遇。恰同学少年,与爱好相投情趣合拍的学友邂逅,说的都是关于诗歌、青春、理想、故乡等从血液里流淌出来的内容,气氛自然轻松愉快,吃一口饭菜,端起搪瓷口缸"仓"的碰一下,又一口美酒被快乐地流放到了胃里,渐渐地发现浑身轻飘飘的,想要飞起来,每个人都红光满面激情飞扬,快乐的音符填满了整间屋子,兴奋的言语如山间的溪水哗啦啦啦止不住的泛滥起来,一切的一切都是那样遥远又触手可及,近在眼前却若雨似雾……初见,就被那香甜的液体和美丽的相遇陶醉了。

无数次地回放那天那酒那人,那青涩的记忆里酸酸甜甜的味道。依稀而又明了的感觉是:红葡萄酒是相遇的见证,是镌刻进灵魂深处的关于美好的底色,是青春时光里第一次大胆对视的凝固剂,是打开心扉无遮无拦的表情包。

后来因为岁月老人的疏忽大意,两颗原本纯净美好的心灵聚聚散散最终天各一方。但是关于相遇的温馨浪漫,关于青春追梦的飞扬思绪,关于因珍重情义而不敢轻易说爱的酸涩无奈,成就了我的前半生对酒的复杂感情。

在生活的村落里沉静下来之后，我常常面对各种各样与酒相伴的日子。重逢老朋友，喝一杯叙旧；结识新朋友，喝几口言欢；有小欢喜小快乐，用酒渲染放大一下；遇伤心郁闷，用酒排一下愁肠毒素；彷徨纠结的日子，更需要约上三两好友围坐桌旁，侃着大山，抡圆膀子，将那些不快远远地抛到时光的云层之外……时间长了，在涉足的江湖里我就浓缩提炼出一句关于酒的不老名言：喝酒是找一千个开心的理由。光阴作证，赞同率达到了百分之九十九。

当然啦，和许多事物具有两面性一样，酒也是一把双刃剑，一旦过量失去控制，会造成各种各样的伤害甚至悲剧，这里暂不赘言。作为一个踏入酒林就不想退出的草根旅行者来说，我也难免经历过喝酒过量伤身现形的时候，但是醒来之后的感觉，除了共性的浑身无力、大脑迟钝、胃囊造反等症状，其余的感觉与喝酒时的人员、事由、状态还是大有差异的。如果你是因为酒逢知己、深得赞赏或人逢喜事而冲高躺倒，醒来之后尽管有各种不适，还是会在慢慢恢复中一幕幕回放那些快乐地片段、言语、握手、目光，尽是满满的温暖情愫，深感意犹未尽；但如果你是因忧郁找不到出口而借酒浇愁，或是被威逼、下套、轻视而以酒为剑，醒来之后一定会愁肠百结，余恨未消。

酒就像是情人，他（她）明明伤害了你，疤掉了之后你还是会念念不忘，又想再续前缘。这样一次次的轮回反复之中一路走来，用曾经过目不忘的一副对联来表达最合适不过：是山是水走遍天下不过如此，斯人斯情贯通古今其实未变。

那场梧桐雨，注定只是生命旅程中的一个小小站点。但是，初尝的那杯红葡萄酒，却成了融入我生命中酸酸甜甜的永久回味，成为我风雨人生中相依相伴的一抹滋润。

生命的困惑

他是在这座小城唯一直接呼我笔名的人。

无论是在马路上、小街上匆匆相遇,还是于李波老师的小屋里谈天说地,他都是那样温和地叫我一声,随即莞尔一笑,然后很少再有言语,喜欢静静倾听,使人联想到深谷中的一株冷杉。倒是他的诗来得快、写得多,我经常在地方小报小刊上读到他的喜怒哀乐,省市报刊上也偶尔能见到他成行的文字,算得上是这座小县城较有实力和功底的文学青年。

然而,一个令人始料未及的残酷事实,使那些文字、那些微笑和原本就少得可怜的言语成了绝版,消失在无边无际的茫茫尘世间——为了一些我不完全清楚的原因,他竟含恨猝然离开了这个世界,让年仅23岁的生命之歌戛然而止。

伤痛之余,我忆起两年前夏天那段插曲。那年8月,一个自称深爱写作却得不到父母理解支持的农村青年,迷茫之中写了一封信给《昆明日报》副刊一位老编辑,表述了自己深深的痛苦和打算"告别自己所热爱的生命"的念头。老编辑深感责任重大却苦于来信未留姓名地址无从联系,便将此事连同信的主要内容刊登出来,一方面想唤醒那个青年迷途知返,另一方面请有心人一起帮助他(如果他尚在人间的话)。当时,我们文学社社长李波老师无意间看到报纸,仅仅凭着文中出现的"呈贡"两个字,就觉得同是文学爱好者,又是同乡,我们有责任拉他一把,必须想办法尽快与他联系上,于是受李老师之托，我连夜赶写了一封公开联络信（给这位文友）寄到报社，请报社为媒。第三天，我们的联络信件就被刊登出来，这在当时的通信条件下也算第一速度了。信的大意是说："朋友，生活的道路何其宽广，你又何必如此轻生。在你21年如花的生命中，爱上写作，原本是一种难得的幸福。但是，写作仅是生活的一种表达方式，一种多彩生活的再现和咀嚼，而活着，应该在春夏秋冬的季节交替中，通过努力付出去爱别人，也才能更好地赢得别人的爱。""从某种意义上说，处理好生活和写作的关系，才能活得更好，也才能写得更好。""在呈贡，我们有个柳林文学社，欢迎你到我们文学社这个特殊的家中，与我们一道读书写作、相互关怀、共同成长，我们会真诚地给你帮助。"在信的末尾我留下了两个人的姓名、电话、地址，盼着他尽快与我们联系。后来还被一个朋友调侃说我们是在抓住机会搞文学社的宣传推广。

就那样，这位文友两年前成为我们"柳林文学社"中的一员。他虽不善多言，没有一般小青年那种滔滔不绝的激情展现，却显出这个年龄难得的安静、睿智，字里行间蕴藏着深沉炽烈的爱憎。在他源源不断发表的文字中能感觉出他有温度的思想、情感，以及较为个性的表述方式。

谁曾料到，他竟突然抛弃了这个有苦有乐多滋多味的人世。

记得一代文豪鲁迅先生曾经说过："人必生活着，爱才有所附丽。"说起导致这位友人匆匆离世的一些凌乱的缘由，我无法不带有一丝心痛的责备，如若惊扰了他地下的亡灵，也只好在此先表歉意了。

他爱文学，爱到中毒太深。好学的他经常遨游于书山诗海之中不能自已，或是与文友相知相伴乐不思返，再就是，不放过一切可能的机会去参加各类文学讲座、笔会、沙龙等等活动，自然对他开阔视野、提高写作水平有很大帮助。然而，他或许疏忽了年迈的父亲和常年生病的母亲，正需要依靠已经成年的独生子来担起家庭的担子；疏忽了全家那几亩责任田，需要春播夏锄秋收冬藏的辛勤劳作才能有所收获；疏忽了如诗如画的美好日子首先奏响的该是锅碗瓢盆交响乐。这是一个最基本最现实的生存问题，对于一切生命来说，首要的选择应是怎样从身处的环境中获取生命得以延续并健康发展的物质资料。于是，他所爱的文学与生存责任交织出的各种矛盾，常常勒得他喘不过气来，理想与现实、衣食与写作、理解与冲突，把他的灵与肉绞杀成依无所依的风中云絮。

以至于，据说是在谈及他的婚事时（他与未婚妻相处几年感情甚好），因所需费用的困扰而引发一系列抱怨、指责、误解，他情急之下喝了一瓶毒性很大的农药，便产生了这个令人心碎的悲剧，使一段美好的情缘化为绝唱，使一个风雨飘摇中的家庭化为碎片，令多少亲朋好友哀叹、扼腕。唉，友人，那边的世界难道真的静美如画吗？

对于世界，我们每个人都只是一颗微乎其微的种子，命运的大手将我们抛洒到哪里，我们就得竭尽生命所能，生根、发芽、开花、结果，享受人与人之间、人与自然之间那份美好的关注与默契，领略生命历程中点点滴滴如珍珠般串起的美丽光环，不愧对土地给予我们的厚爱，这就是我所悟出的意义所在。自然，茫茫尘世纷乱复杂。有的人活着仅仅是活着，仅把吃好穿好拥有一个富贵的躯体作为终生追求目标；有的人孜孜追求精神世界的丰富和博大，而对严峻的生存状态常常束手无策。这二者，或许都带有一定的悲剧色彩。如果那位友人能早些悟透这一点，处理好生存与梦想之间的轻重缓急，坦然面对所遇到的一切，无论耕田种地，还是读书写作，甚至打工度日、漂泊流浪，都可以在逆境之中保持那份执着，在困苦之中感受生活的甘美、情义的馨香，如此生活状态所写成的文字，也才会有血有肉有内涵，与人间万象同频共振。

那么，在以后许多个阳光灿烂的日子，我都有可能在街头巷尾、在乡村小路见到那张温文尔雅微笑着的脸，依然会听到那一声暖暖的招呼：冰蕾，你好！

还是著名诗人汪国真说得好："不去想未来是平坦还是泥泞，只要热爱生命，一切都在预料之中。"

幽兰依依

认识兰是在几十年前。

那时刚刚迈进师范学校的大门,十五六岁第一次出远门的我们时时想家。那天,一听说有我的信,我便朝收发室飞奔而去,看见兰在旁边一棵梧桐树下独自站着,我跑过时,递给我一个静静的微笑。

兰,瘦瘦的身板,圆圆的脸盘,不大不小的黑眼睛,黝黑的皮肤衬着瓷白的牙齿,笑起来十分纯美。见我取到信件,那天的她毫不吝啬满心的羡慕,却掩饰不住淡淡的忧伤。少不更事,我不容商量地拉上她,要她与我在学校操场边的草坪上,一同分享收到母亲来信的欣喜。沉浸在思乡情绪中的我读完信,一抬头,见她已是泪流满面。

原来,她也苦苦想念家中的亲人,但她收不到家书。

娓娓道来的诉说后我才知道:她来自一个边远的山区小镇,一间破旧老屋里,年迈的爷爷、体弱多病的父母和她相依为命,连两角钱一斤的盐巴都是年过七十的爷爷种些茴香萝卜青菜白菜,挑到小街上卖了,才能换回。

可以想见,兰是付出了比别人多百倍的艰辛,才迈进这所省里的第一师范。难怪她总是少言少语,常静静地走路、读书、想心事。

从此后我和兰就成为无话不说的朋友。那时我们为了节约回家往返的路费,基本上是一个月才回一次家,除了上课时间,大多数时候都像彼此的影子一样相伴相随，有衣换着穿，有饭分着吃，有书轮着读，好歌一起唱。那时我觉得，任世间人海茫茫，有两个互为知己者携手同行，再远再难走的路，都踏实而会有回声，再清汤寡水的日子，都能过出甜蜜和香气来。

毕业前夕，兰突然接到噩号：她的爷爷走了。我想起那间老屋，想起脸朝红土背朝天在土里刨食的兰的父母，想起那晃晃悠悠挑着白菜萝卜慢慢挪动脚步的爷爷，以及爷爷脸上沟沟坎坎间肆意爬行的汗水，感觉再多的安慰和劝解都显得苍白。我只说："兰，你要坚强，这是命运在考验你是否长大，需要你早早担起家庭重担，看你的了。"兰含着泪花咬着唇笑了笑，没有点头，但她骨子里的隐忍和决心，我已经懂了。

后来，兰变得更加沉默，除了我和少许的几个女生，基本没人在课余时间能喊得动她去上街玩耍、田间散步，她只是狠劲地读书、做作业、操场跑步，同时也更加残酷地计划着每一餐饭的开支。我常常约上她一起，在这个食堂打了米饭后，要跑到第二第三食堂去到处排队，寻找五分钱一勺的小菜，或者不要钱的菜汤，或者比别处宽出一指头的馒头花卷，以节省点钱应对必不可少的各种开销。与她在一起，自会让人有种望而生怜、怜而奋发的动力。

记得有一次，我从外面回宿舍，正要掏钥匙开门，就听见兰在里面大声问："谁知道月亮为什么有时像个圆盘，有时像只小船？"我纳闷地停住脚步想听听她在和谁讨论这么天真的问题，又听她接着说："请口缸同学起来回答。"

我更加奇怪，赶紧开门进去，却见一张小桌子上摆满了口缸、牙刷、饭碗、香皂等日用小物品，像天真可爱的娃娃一样一排排整齐地坐好，正在听兰讲课。我说："兰，你也太想得出来了，为何要这么苦自己？"她轻松地笑笑说："现在多练练基本功，以后才不愧对老师的称号。"我点点头再无言语，理解了兰的瘦削却硬朗的双肩，要担负的是家庭和社会赋予的双重责任。

现在的兰，已成了她家乡一个优秀的山村小学高级教师，有了温暖幸福的家庭，儿子也长大成人参加了工作。

时间这位大神可真会开玩笑，走着走着几十年就忽悠忽悠地过去了，我们那些亲身创造发表出来的爽朗的笑声、自信的眼神、倔强的脚步、温软的话语，都被它的手袖轻轻一挥舞，就统统抓不住筋骨成了过去式，只有那些珍珠一样闪光的记忆储存在心灵的胶片上，不断不断地回放，不断不断地发送着曾经的青春岁月里，友情的香甜味道。

前几天，兰突然发给我一幅照片：一块长方形的镶着红边框的白布上，用十字绣的针法绣着两枝相互守望、相互欣赏的花枝，花的主角是梅和菊，其余都为点缀，针脚细致，配色精巧，每枝花的侧边各绣着一行借来的古诗：海内存知己，天涯若比邻。更有意义的是：布的脚边居然还绣着一行黑色的小字标明时间，年月日齐全。

看了几秒钟我豁然想起，这是在师范毕业那年我为兰亲手绣的一个枕头套，日期是她的生日。

我问：咋还是这么新？

兰回：就没舍得用过，生怕洗了褪色。

我分明还看到另一幅永不退色的油画：圆圆的脸盘，黝黑的皮肤衬出瓷白的牙齿，黑亮的眼睛满是对人间无限的深情和对命运默默的抗争。

手机往事

那些年,谁拥有一部手机就像现在有一辆宝马奔驰似的牛,不然人们不会把那玩意儿叫"大哥大",不然那个像煤块一样黑不拉几的小东西就不会惹下那么纷繁的是非,甚至,惊动了那个县领导。

那年,我被派到一个边远的山村当工作队员,为期一年。按人们的说法是"镀金",我这人历来喜欢专心读书、认真做事、简单做人,因而对这种说法似懂非懂。半年后,一群朋友从遥远的县城亲自跑来看我,不亦乐乎,于是就有了遇见那个手机的机会。

那是一个阳光灿烂的正午,我招呼朋友们在公路边的一家小餐馆吃饭,点的多是一些山茅野菜,外加一锅老火腿炖白芸豆,不知是隔锅香的缘故还是久别重逢的喜悦,大家吃得舒爽、聊得开心,虽然没有喝酒,但一浪一浪的笑声把旁边一桌喝酒的昆明人(听口音听出来的)的酒兴淹没或是提前赶跑,还不等我们吃菜聊天的结束,他们已消失得无影无踪,仿佛从未来过这家小店一般。等我们吃饱喝足笑够闹完回到车上,圈中一麻姓朋友神秘地从随身背包中取出一物,说:"是哪个憨贼放在我旁边的凳子上,我走时问死都没人答话,就只有先带来再说,你们大家看咋处理。"大伙一看,嘿,还真是个稀罕物,方方正正的一个黑色块状物一角伸出一小节约五厘米长的细棍子,应该是在哪里见过的带天线的手提电话吧。一人说:"这是最新款的摩托罗拉手机,价值上万元呢,赶快还回去。"我说:"是啊,等会儿失主找到饭店,老板娘是认识我的,一定会找上门来,调转车头送到饭店去吧。"麻说:"废话,我又不是偷的抢的,是捡的!我更不是见财起意,只是想提醒提醒大家,贵重物品要保管好,让他找一阵吧,哪那么容易就失而复得。"大家觉得似乎有些道理,再说啦,又不是自己捡到的,也就沉默了。

朋友们把我送到村上就撤了,临走时麻对我说:"有人问就如实相告,我在县城等。"

所以,一个多小时后当饭店老板娘带着那个瘦猴一样的中年男人急匆匆出现在我面前时,我好一股助人为乐的光荣劲儿,兴奋得走路都有点飘,笑盈盈地说:"好的,我帮你打个电话问一下。"于是我当着在场所有人的面拿起村上的手摇电话机,打到麻所在的单位,麻说:"东西倒是捡得一样,你下班后带他们来看看再说吧。"

去往县城的途中瘦猴千恩万谢地递给我一张白底黑字的名片,在密密麻麻的字里行间我瞥见一个什么集团公司总经理的头衔,便随手装进包里。我感觉,我这个拾金不昧的中间信使还是当得满滋润的,一丝丝快乐从心底冒出来,和他们闲聊的话语也就变得格外爽快热情,我甚至还告诉了他们我的工作单位和姓名,虽然我没有印刷精美的名片。

下午六点多我带着瘦猴一行人来到麻所在的单位——一个小学校,瘦猴一见到麻就扑上去握手,并急切地说:"大哥,现在该把我的手机还给我了吧。"我感觉那语气中没一丝感谢、商量的味儿。

我像瞧外星人一样瞅了瞅这个留着两撇八字胡的男人,太想问他是不是没进过学校受过文明礼貌教育。

麻从原本平和的得意中显然是被激怒了，惊诧道："你说什么，什么手机脚机的，没见过！"

瘦猴露出了尖嘴中上面一排四个大板牙："亏你还是人民教师呢，捡到别人东西一点儿也不着急找失主，你就是这样教育你的学生的吗？你的社会公德、职业道德被狗吃了吗？"

麻立即跳起来还击道："你老爹就是没有义务非要去捡什么破手机脚机的，更没有义务满世界背着捡到的破玩意儿找什么鸟主。明告诉你，东西我倒是拾到一样，就是没写名字、没标价钱，谁知道是我哪个儿子的，更不知道值泡狗屎钱还是马粪价。"说完后麻径直去了办公室，将自己丢在沙发上，然后一只一只地把脚搭在比头还高的办公桌上，双手抱在胸前做出一副闭目养神的样子。

刚才还晴朗朗的天空突然乌云密布，我相信在场的人们都感到了暴风雨即将来临时的窒息和远处滚滚的闷雷声。

我赶紧上前调停："老麻，听说你捡到一样东西，这位老板呢又恰好丢失了一个手机，核对一下如果是他的就还给他吧。"

麻对我说："你先弄清楚站在院子里的是什么东西，会不会说人话。我们这些少数民族只知道一日三餐，多大的老板？没见过。"

瘦猴一下子冲进来吼道："你这是犯法的，民法通则里规定捡到东西不还就是犯法，你不是大粪吃多了就是没吃过官司，是不是想让本老板带你去尝尝鲜？"

我赶紧拉住瘦猴说："你可不可以放下架子好好商量，我们的目的是确认了东西是你的让它物归原主，而不是练口才比身价来了。"为了不把事态滑向吵架斗气的泥潭,我又进一步表态说:"这样吧,现在呢大家都有些误会在气头上说不到一块儿,我下来做做工作,明早十点以前你过来找我,如果经过核对手机确实是你的,我负责要回来还给你如何?"

谁知这猴还就是不通人性了,他狠狠地对我说:"原本我想你们好好地还我手机也就罢了,我还可以叫你们吃顿饭。现在,我要叫你们乖乖地把手机送到我指定的地方,否则让你们身败名裂。"你看,这么快就变成了"你们"。

说完,猴爪在空中一扬,带着几个随从很快消失在傍晚的暮色中。

我和麻相视一怒:"怪球事了,做好事还惹来一身屎了。"郁闷之余我突然想起这猴在回县城途中和我提过,他和我们现任的姓王的县领导是哥们。

那又怎么样?

我对麻说:"没事,回家喝鸡汤睡大觉去,看他无理还牛上天去。"

麻说:"明天来他如果再横,老子把那破东西丢进滇池喂鲤鱼。"

可是已经没有明天。事情的了结比我们想象的简单多了:仅凭瘦猴在王姓县领导面前的一番诉求,县教育局当晚就派人找到麻送来一顶帽子:教育系统道德败坏的形象代言人。同时取走了那个象征着地位、财富、草菅人格的"大哥大"。

当麻第二天一大早无比懦弱地打电话告诉我这个结果时,我在沉默中认识了一个深刻的道理:在错的地方遇到了错的人,因为你和县领导不是朋友哥们,因为你手中没有代表话语权的黑色硬件,因为你要保住你的饭碗,你只好乖乖倒下。就当是做着美梦梦游一脚踏进粪坑里吧!

当然,聪明的你肯定能想象到我作为"帮凶"的结果:连续三天我像刘胡兰一样勇敢地守在县领导办公室门前,只想说明事情的真相,硬是被他的秘书以"县领导上班时间没工夫说私事"为由挡在了门外,甚至连那个县领导咳嗽的声音都没有听到一声。倒是三天后民间流传着我伙同一个老师偷了一部手机被失主告到县政府差点被开除公职的故事,有声有色,比我们现场遇见的精彩多了去了。

那段日子我天天梦见自己站在滇池边的枯柳树下,盼望着电影中的镜头在我身上演绎:七八个警察从天而降把我抓获,带到一个密不透风的地方进行审讯,我一字一句地描述了整个事件的前因后果,然后在警察叔叔真实记录的文字上签字画押,咬破右手的大拇指,按上只属于自己的血手印。

但我却一直没能梦想成真。

寻找试婚房

某年某月，有幸随一个旅游团队来到祖国的海南岛，感受大海的壮阔、阳光的慷慨及空气中无处不在的热情，不胜欣喜。到岛的第二日，导游非常自豪地告诉我们：今天要去的地方是海边的一个森林公园，是某部著名电影的拍摄基地。

怀着美好的憧憬，我们来到一座长满绿树和杂木但看起来很普通的山下。说它普通，主要是我们这群人本来就来自红土高原，雄险奇秀的山见得多了，这座山看上去实在不能勾起我们更大的激情和想象。来到景区门口，我等大吃一惊：来自五湖四海的游客居然把购票处、入园口挤得水泄不通，单是要取得上山的资格，就要在进了门的回形道上冒着炎炎烈日耗上一个半个时辰等景区电瓶车。其间根据导游的指点，我们观赏了悬挂在入园口的某某和某某明星留下的巨幅剧照：牵手走过的索桥、欢愉调情的泳池以及光线隐暗的试婚房。我无意中发现许多游客在欣赏这些剧照时那梦幻般的眼神，说明他们已经开始憧憬充满神秘、浪漫色彩的景致，或许还有风景之外隐含着的某些时尚气息，似乎在庆幸自己的福气，能沿着明星大腕走过的道路，呼吸来自南海的清新空气，万幸万幸……

好容易坐上景区的电瓶车，迎来一个接一个的"惊喜"：本来坡度不大的山路却修得很窄并且左一个急转右一个猛回的要增添险象带来的乐趣，所以导游不辞辛劳地排练我们一遇上对面来车就大声叫唤"哇——""哇——"的台词，很是搞笑。"哇"上两个山包后车子停下，导游煽情的双唇和话语真真切切地指引我们：从右边这条小道走上铁索桥，下桥后再绕过那个泳池，对面半山腰上那个像鸟巢一样挂在石壁上的房子就是电影中的"试婚房"，别看它外表不起眼，里面可是装修豪华、设施齐全、情调温馨，一进去就能使人想入非非，很值得去体验体验哦。于是我们就像刚入学的小学生一样又一次加入排队大军，前呼后拥着挥扇的、擦汗的、打伞的、啃西瓜的、舔冷饮的、嗑瓜子的、喷酒气的、打哈欠的各式各样老中青美女帅哥们，只为了一个共同的目标：寻找"试婚房"！

问题是：要到达期待中的"试婚房"，单有热情和梦想是远远不够的，还要有坚强的意志、强健的身体、虔诚的态度。因为过桥人数的限制和人肉栅栏过于密实的原因，差不多五分钟才有机会向前挪动一小步，我们排在队伍的龙尾，照这样算来没有两个小时是别想亲临铁索桥的浪漫现场了，过了桥参观影星谈情说爱的泳池要排队，挺近"激情四溢的试婚房"要排队，甚至于想给远处的海天一色留个无遮无拦的微笑都要排队，我晕了！我突然中邪了，我想起我到过的位于湖南凤凰城的沈从文故居、位于呈贡三台山的冰心故居和许许多多曾经在历史上浓墨重彩过的名人故居，映象中基本都是冷冷清清，甚至门可罗雀，那些地方怎么就不需要排队呢？我又一次次想起那些经过层层筛选推出的"昆明好人""道德模范""见义勇为青年""慈善大使"，怎么就没有人像追歌星影星一样追着签名、拍照、拥抱、献花甚至亲吻呢？

这世道，不是我疯了就是他们病了！

我一下子从人肉堆里抽身出来，拐到不远处一棵树下坐下来独自享受徐徐凉风，顿觉海阔天空，身心舒爽，任导游千呼万唤就是不肯"还俗"。

清清岁月，有诗相伴

从昆明师范学校毕业一脚踏入社会，命运安排我回到家乡呈贡，在一所半山区的小学任教。时光早已定格在 20 世纪 80 年代的书香里，伴我度过那几年美好青春的，除了乡村的质朴、珍贵的友谊，还有诗意的田园与想象的张力。

那一年我 19 岁，正是梦想飞扬的年纪，因而第一天来到那所由土基平房围成的方方正正的四合院时，感觉扑面而来的只是琅琅的书声和浓浓的新鲜感，而毫不在意小学校地处村子顶端、周边树林阴森、夜晚冷清死寂的无奈，当然这些都是后来慢慢才感受到的。紧挨学校有一个更小的院子，是教师宿舍，院内只有一排上下两层的土基房，和一小块种着些花草的空地，听说之前是知识青年上山下乡的驻地，二楼还拥有一条木板走廊，让我能常常倚着栏杆极目远眺，和远处的青山与白云诉说心事。

在开学后不长的时间里我很快熟悉了同校的老师们，也就十五六人，多数家住本县农村。学校虽小，还好有教师小食堂，请了村里的一个女孩给老师们做饭，一天两顿，每顿饭两个素菜，每周买一回肉来改善营养，吃饭费用先记账，月底结算，以那时的收入水平和节俭度算下来，每人每月也就十多块钱的伙食费。中午放学后老师们打了菜、称了饭，就围着一张方桌边谈天说地边吃饭，俨然把午餐演绎成了十足的情况通报会、经验交流会、差生帮扶会、民间故事会，其乐融融。唯有到每年的 9 月 10 日教师节这一天，才由学校筹一点钱，割两斤牛肉、炸一大碗花生、买一盆豌豆粉、焖一锅洋芋饭、打几斤老白干，请来村上的、乡上的相关领导一起敞开肚皮吃喝一顿，以求得各方支持一同把学校的工作搞得顺风顺水。

每天下午四点多钟放学以后，学生和大多数老师们相继回家了，整个校园一下子冷清下来，只有逐渐西斜的阳光伴着沉默不语的桌椅静静地等待黄昏的来临，对于像我等住在学校的单身族来说恐怕是最悠闲也是最无聊的时段了，晚上天黑以后，夜更是浓稠漫长，深不见底，仿佛世界一下子把我们抛弃了，我们几个住校的老师基本是足不出户。

还好，我有知心知意相互牵挂的朋友，有自己喜爱的书籍和钟情的诗歌，来为这常感空虚的青春时光填上五彩的颜色。

在乡上的全体教师会上，我认识了另一个学校的活泼好动的娃娃（笔名），无意间翻看她的笔记本扉页，发现她居然把缪家营的炊烟描写得那般空灵而富有情调，内心顿时生出满满当当的遇见知音的欣喜，后来我又把在师范学校时就早已熟知的清寂介绍给她，几乎又是一见如故，花季女孩粉红色的清纯善良、性情的投合以及对徜徉于文字间的共同爱好，让我们深深地庆幸自己的缘分，几次交往下来，在别人眼里我们三个就成了时光机器合成的原子团，不用化学方法是分不开了。

于是我们就开始了每周一聚的快乐日子，刚好三个人所在的学校相距四五公里，我们在几所小学校之间轮流坐庄，放学后常常连满身的粉笔灰都来不及抖落，就骑上自行车奔赴上周约定的地点，一起做饭吃，一起到村外的田野踏着斜阳牵着晚风散步，一起交流各人近期所读的书和所写的文字，谈论各人在教书育人中的酸甜苦辣，晚上就三个人挤在一张单人床上，常常嘀咕到深夜，眼皮都撕不开了嘴巴还停不下来。自然，作为有责任有担当的乡村教师，路遇其中某人的学生家长打声招呼问个短长，或是相就着进行一次语重心长的家访活动也是常有的事，能帮助学生及家长在求知的路上加点油，是分内的职责，更是计划之外的喜悦，还能收获一腔被尊重的感动。作为热血青年，我们也常常对实事进行一番忧国忧民的评说，特别是对于报纸披露的"一年的公款吃喝数额约等于三年的教育经费"之类的说法表现出相当的义愤填膺，大有立马奔赴现场砸了公款酒席的架势，直接会产生对教育现状的忧虑。

愤世嫉俗终归是说说而已，自己不甘沉沦却也无力改变什么，所以更多的时候话题会很快回到我们原本正在经历的诗意生活。毕竟青春是人人都拥有的一场盛宴，个中滋味在于你怎样品尝其中的美酒与佳肴，无论是鱼肉、果蔬、草根、树皮，还是坛坛罐罐里的咸菜。在我的四面是土基墙的单身宿舍里，走路脚步重了都会把糊墙的泥巴震落下来（我住二楼，楼板是木质的），但是我们依然抑制不住对生命、对诗歌的热爱，见面时常常用朗诵诗歌的方式来装扮多情的日子。对生活我们感悟："只是为了通向终点/才寻找路/才从那最艰难的路上/走过""对真诚的人我永远真诚/对势利的人我永远势利/说出这句话我便大醉/并且从此一醉不醒"。迷茫的时候也会借诗抒情："生命的淡季/不知把泪献给谁"。没条件亲临黄果树瀑布，就朗诵别人的诗歌来解馋："我就是瀑布/是十万大山彪悍的妻子/为了高原的神奇和美丽/迫不及待地率领山民们/愤怒地冲下悬崖……"诸如此类的经典句子一旦得到我们共同的认可，进入我们青春的乐章，就会像我们必需的阳光、空气、米饭一样，被吸纳进五脏六腑，成为生命的一部分，就会相伴一辈子，休想把它们从我们的记忆中抹去。

这样相依相伴牵手走过的日子一眨眼就是好几年，在季节的轮回中，我们不放过任何一个投身大自然的机会。春天走进桃红梨白的果园陶醉于无边无际的浪漫，还会重温一下儿时的调皮，像猴子一样爬到树上抖落一身的花瓣。夏季来临时多次跑到滇池边的柳林面对风浪释放心中的激情，回家时还是会忍不住顺手偷一把田埂上的青蚕豆或是半生不熟的无花果，你一口我一口吃出了青涩又刺激的香甜味。秋天叶落之际，多愁善感的本性暴露出来，在一起开始学着文人雅士的伤秋情怀，一会感叹一下萧瑟的无情秋风，一会儿憧憬一番秋收之后粮仓和心灵的双重满足，随后冬天就不知不觉间叩响了门环，然后春天的脚步近了，近了……这期间不时拿起手中的笔，写下的都是有关乡村、四季、童心、初恋的文字，现在读来虽感幼稚，却不失饱满的情感和懵懂的灵气。于是我们几个似乎都有了自己的"代表作"——《我与山的爱情》《四季的调子》《不再错过季节》《小叶儿》《那个夏季》就是那些年心路历程的真实体现。后来渐渐地大着胆子给报刊投投稿，偶有作品发表或获奖，都会聚在一起用葡萄酒庆祝一番，常常兴奋得难以入眠，仿佛我们真的拥有了通向文学殿堂之门的钥匙。

后来我们还是顺应人生四季的自然规律，恋爱、筑巢、生儿育女，在家中过着普通的家庭主妇的日子，在职场上忙着跟上时代步伐读函授、苦职称、考证书，为的是不被世界远远地抛在后头，各自的日子经营得也还算风生水起。回眸几十年的清清岁月，现实明明白白地应验了那时我们悟出的真言：重要的不是写诗，而是好好活着过好每一天，要当诗人，不动笔也是可以的。

这样说并不是为我们没有成名成家没写出鸿篇巨著作无谓的辩解，而是道出了生活的本来面目。

免费的午餐

如果现在你还振振有词地对我说：世界上没有免费的午餐。那么我会微笑着反驳你：只能说明你是个没有故事的人。

你肯定不服，要追问，那我就只好从实道来。

前不久，我们一个二十来人的小团队组织去秋游。跋山涉水玩嗨了，早已过了午餐饭点，吃货领队号召大家，要去吃这个地方的特色美食：马肉。

对这个提议我从内心是不赞同的，但顾及大多数人的热情，就没有发表出来。所以到了餐馆后看着老板娘忙前忙后的兴奋，我表现出事不关己的悠然。

开餐的时候，一位姐姐热情地招呼我到她身旁就座，我只得咬着她的耳朵实言相告，说我对这种食物过敏。这下好了，她像遇到知己一样迅速站起来，说早有同样的为难，要和我一起找别的东西来安抚肠胃。

我二人悄悄离群。

正在商量是蛋炒饭还是白菜汤的时候，又一位同行的老大哥跑过来，责问我们开小灶为何不约上他，原来是同病相怜！我们三人为众，跑到旁边一家牛菜馆去找食。

牛菜馆里只有一个眉清目秀的小伙子，二十多岁的年纪，看见我们进来也没见特别的热情。三下两下点完菜，他就拿了白菜土豆到厨房开始熟练地施展刀功。我有个难改的毛病，对一切新的环境事物充满好奇，就站在厨房门口表现出欣赏的姿态，大概还有一层催他速度的意思吧，毕竟肚子已很少这样被虐待过了。

唰唰唰，一堆均匀细长的土豆丝被码到了盘子里，这时一个电话铃音横空出世，他不得不放下菜刀去接，只一句话工夫，我就看见他像是中了百万大奖般地激动起来，在厨房里走动的脚步轻盈得像是云中漫步。逍遥中看见我在一旁，才有所顾忌地把手机夹在脑袋和右肩之间，像得了偏头痛一样一边通话一边切菜，歪着的身子还随着电话的声音咿咿呀呀、摇摇晃晃。

起码的素养让我回到等待区，和老哥、姐姐一起喝茶聊天继续等。可是，就那么两三个小菜，等了近半小时还没动静。大哥坐不住了，姐姐坐不住了，我更觉得该去问问是否要亲自掌勺才吃得着。可我们每个人去了回来的结果都一样，除了丢给你一个歉意的眼神，他一直在几平方米的厨房里偏头说话转圈圈……

开饭时，除了点过的，我们的饭桌上多了一大盘牛肉凉片，桌边还多了一个人——他的偏头痛终于好了。

我们吃饭他说话，一来就拣好听的说："几位慢请！"见他抑制不住的满面春风，我们也就不再计较。又是一阵春风拂过："几位是我的贵人、我的福星啊！"一向喜欢唱戏的老哥来了兴致问道："此话怎讲？"

春风又暖暖吹来："刚才我接了一个改变命运的电话，这个电话是你们几位带来的，"春风停了几秒，接着荡漾，"我和我女朋友谈了三年恋爱，他家父母一直不同意，她是独生女，又孝顺，前几天忍痛和我分手了。"春风像是在疾走中遇到一堵高墙突然向上蹿起来，"刚刚接到的电话是我女朋友的妈妈打来的，她同意把姑娘嫁给我啦！！！"

原来如此，我们仨异口同声地连连道贺。姐姐总结说："看得出，你们两个特别特别的相爱。"

所以我们吃完饭结账时，小伙子死活不收，推来推去差点翻脸才作罢，离开时还像老朋友一样左一次握手右一次言欢道别。

真心祝福他们。

试想，如果我或我们仨随了大部队，勉强应付下肠胃，我们仨会成为小伙子的贵人吗？

世界真奇妙，免费的午餐味道就是鲜香。

歌声穿过岁月的经络

爱好音乐的人都可能会有这种感觉，父母在孕育我们的肉身之时，早已在每个细胞里埋藏了无数能感知音律的小铃铛，一经投生到人世间，大自然的风吹、草动、流水、虫鸣，都会逐步一一打开这些小铃铛，唤醒我们生命里各种美妙的律动，展开一场美妙绝伦的生命交响。

1982年秋，我离开生活了十多年的小山村，在父亲的护送下到省城昆明师范学校读书。父亲用一根短短的小扁担，帮我一头挑着铺盖，一头挑着装有衣物鞋袜的一只旧木箱，辗转来到昆明北部一个叫小麦溪的地方，报到完毕落实了上课的教室和住的宿舍，帮我铺好床，木箱稳妥地塞到床底下，我算是完成了一个重大的人生转折：从此只要安心读书、顺利毕业，三年后就可以分到一份吃国家粮的工作。

因为学校的培养目标是未来的教师，除了基础的专业课程外，音乐、体育、美术、舞蹈、普通话等也是必不可少的素质教育，所以我们学校每天的课间操直接就用集体舞代替，那时能接触到的歌曲非常有限，但学校选出来作为课间集体舞的伴音绝对也是当时的"流行金曲"：《金梭和银梭》《在希望的田野上》《熊猫咪咪》《拍手舞》等节奏欢快、旋律优美、词义入心的歌曲，它们伴随我们度过了几年青涩又温暖的青春年华，即便是现在翻唱起来也同样令人热血沸腾。同时，因为集体舞这种特殊的方式，男女同学之间的交往也由一开始的扭捏、拘谨变得自然顺畅，融洽和谐。

渐渐适应了紧张有序的校园生活，加上时常响起的歌声的陪伴，我们这些远离家乡的学子，逐步找到了寄托思乡之情的出口，如同找到了滋润彼此心灵的鸡汤。放学后，三五同学常聚在一起，到周边的田野散步，谈天说地，轻轻哼着《月亮之歌》《妈妈的吻》，问候远方的亲人；到学校操场边的小树下围坐在一起，当时十分流行的校园歌曲《校园的早晨》《外婆的澎湖湾》《踏着夕阳归去》就会成为我们百般回味的"话梅"。唱歌，成了我们心室里的一枚花瓣，缺了它心智就会残缺；成了我们饭桌上的蔬菜水果，虽然吃不饱，但少了它身心就会萎靡不振……

大概中师二年级的时候，从同学口里隐约听到一个名字——"邓丽君"，说话人的语气神秘、胆怯，像午后树尖上的微风一晃而过。那时是在"清理精神污染"的社会背景下，这个名字好像是被列为"靡靡之音"的代表而流传开来的，听说在某个班一同学的枕头下面，还翻出一个抄写着《何日君再来》《酒醉的探戈》等邓丽君歌词的笔记本，被当作了反面材料，那个同学为此所写的"检查小楷"，远远超过了那几首歌词的文字数量和表达范畴，才有幸得以过关，翻到下一页。那时我虽然胆小无知，但出于对音乐和文字的热爱，这件事反而激起了我对"邓丽君"有关信息的好奇心，苦于各方条件，暂时把这颗好奇的种子埋藏在心田的一角。

三年一晃而过，我们师范的同学，在《风雨兼程》《让我再看你一眼》的歌声祝福与不舍中挥泪相别，各奔东西。

彼时，时光的脚步已行进到八十年代中期，随着改革开放春风的徐徐吹送，一些港澳台的流行经典音乐已逐渐传播到我国的大江南北，包括不十分边远的乡村。我回到家乡在一所山村小学任教，幸运地遇见几个同样热爱音乐的年轻教师，一起开启有苦有乐、有歌相伴的人生新旅程。那时我每月才能领到六十多块钱的工资，硬是节衣缩食苦攒了一年，咬咬牙花近四百块钱买了一台"双箭牌"的双卡录放机，从此我的单身宿舍就成了青春俱乐部，时常响起娓娓动听的吟唱。那时，军旅歌曲《小白杨》，通俗歌曲《让世界充满爱》《大约在冬季》《月亮走我也走》等成了我们的主打歌，可在聚会的乐声中、散步的田野间、有月光照耀的窗前或是追逐夕阳的惆怅里随时随地哼唱，安放躁动的青春年华。

八十年代末期，终于能无遮无拦地拥抱邓丽君的歌声了！于我来说，她那柔情似水却可以穿透宇宙万物的声音，以及直抵灵魂深处的表达方式，虽难以企及却值得一生模仿追随，我心甘情愿一辈子被淹没在那种情感氛围中，无法自拔。多少个日落西山、月上树梢的夜晚，我们任凭青春的热血驱使，把乐声开到最大，在邓丽君、红丽姐妹、蔡琴、齐秦等歌手营造的情境中，放飞心灵深处隐藏的翅膀，打开一扇又一扇梦的门窗。听着听着我们嗓子就开始痒，忍不住要跟着唱起来才能过瘾，才足以抵达内心向往的境界。这期间我认识了邻村在昆明打工的一个大哥，他经常背着一把吉他，约着朋友到学校找我们一起听歌、唱歌，还时常带来新买的磁带给我们翻录，成了为我们传播新歌的快乐信使。

到了九十年代，街头卡拉 OK 成为小城的一道道新的风景线，只要你会唱，只要你有胆量，花一块两块钱就可以现场表演一下自己的才艺和心情。但是，我这只在乡村长大、从乡下小学校来的没见过世面的丑小鸭，在那些临时搭起的街头唱歌棚旁边徘徊多次，一直充当着一个跃跃欲试却进一步退两步的看客，硬是没有勇气前去"露露声气"。直到有一次在单位组织联谊活动的一艘滇池游轮上，听着我特别喜欢的一首酒廊情歌《往事只能回味》被别人唱得一会儿非洲一会儿北极的哭笑无门，实在忍不住了才自己申请去唱一次，好在唱歌的地方是单独一小间，不在众目睽睽之下，尽可以望着滇池的水波放松表达，唱完后居然赢得了春风醒树般的持续掌声，从此就破了胆，不再怯场，且无可救药地爱上了麦克风。

岁月的钟摆不知不觉就踢踏到了全民嗨歌、广场舞横扫天下的新时代，忆往昔，那些物资极度匮乏的年代似乎一去不返，那些狭隘、禁锢人性的审美观念已然被摒弃在千里之外。

如今，多元的文化产品和传播途径异彩纷呈，但是唱歌依然是我们交往圈子里沟通交流、愉悦身心的极佳方式。需求决定市场，市场引领消费，越来越好的纵歌场所、设备、互动模式，越来越特色鲜明、个性突出的音乐产品，越来越丰富的各种娱乐方式和平台，无不彰显着各个阶层的人们幸福指数的节节上升。"走，找些歌唱唱去！"如今已成为人际交往中的家常节目，不再是奢侈品。

直到现在，给我们传递港台乐风的那位老哥，依然是拳打不倒、霜打不蔫、雨打不湿的铁杆歌迷，一有空就约朋友们唱歌，甚至有时大白天的独自一个人跑到练歌房，一唱就是三五个小时，不得不令我等佩服。

的确，一旦你生命中与音律有关的小铃铛躁动起来，你不呼应，情何以抒？

正所谓，适逢当下好时节，长歌一曲话沧桑。

当好自己的信使

重读经典《致加西亚的信》，我最欣赏的是作者阿尔伯特·哈伯德在自序中所说："英雄就是做了自己应该做的工作之人——把信送给加西亚的人。"人们更应该意识到，取得成功最重要的因素并不是他（罗文中尉）杰出的军事才能，而是他优良的道德品质。

对于"人"这个有着非常的智慧和丰富的情感的生命群体来说，我相信每个人都会有英雄情结，都希望自己的才情能够得到他人的关注与认可，在天地间展露风采，在人生旅途中实现价值，那么，就让我们当好自己的信使吧，从点滴的修为开始，从平凡的小事做起。

在人生的舞台上，每个人都是自己故事的主角，是没有排练、直接演绎的过程，很多时候编剧是你，导演也是你，演员是你，幕后也是你，将军是你，信使还是你……也就是说，从生到死，从稚嫩到成熟，从一个希望的萌动到一片森林的繁茂、一座城池的兴起，永远都是农夫、工匠们应自己的梦想，借天地日月之力一起创造、积累的成果。既如此，你就没有理由不为这一份得之不易的工作而勤奋、敬业，你就没有理由不好好珍惜这个"众里寻他千百度"后才组合起来的家庭，你就没有理由不善待在你周围这些给你关心、帮助、支持的同事和朋友。

你选择了某个行业，无论是务农、经商、生产制造，还是公职人员，职责分工就不完全容你决定，但你最有选择权的是你的工作态度和你应有的行动付出，你的成功的支撑点就是：尽心尽力地做好你分内的事。以我们所从事的基层监管工作为例，面对经济转型升级、改革发展时期的复杂环境和部门人少事多、工作量大的实际状况，你经常需要身兼数职，面对同一类工作对象随时都可能在监管、服务、处罚、表彰中转换角色，其中的奔波、劳顿难以言说，但你必须坚守、必须不断调整思路和方法来应对新的工作要求，因为你选择了这个岗位，因为国家体制、内部分工决定了这个岗位的职责，你责无旁贷，作为这个团队中的一员，你只有像安德鲁·罗文一样，用忠诚、敬业、不畏艰险的工作态度，想尽一切办法"把信送给加西亚"，只有这样，在日历一页页翻过的时日中，我们的工作业绩才能渐渐积累、显现，一份肯定和回报会被悄然送到你的手中。

阿尔伯特·哈伯德说，成功守则中最伟大的一条定律就是待人如己，也就是凡事为他人着想，站在他人的立场上思考。我认为这对于当今时代的一个国家公职人员来说更显重要。在工作中，你可能是某个部门的负责人，当然又是你上级领导的直接下属，岗位职责需要你去这里拧上一颗螺丝钉、那里装上一台除尘器。我认为，作为下属你随时领受任务，理解领导的安排不讲任何条件；作为小团队负责人你将工作有效地进行分解落实，每一个环节都拿出你的敬业之心。"致加西亚的信"送达之时，也就给你的领导交了一份完整的答卷，为这个系统的工作增加了一块构筑事业大厦的奠基石，自然，其中你也有了充分展示自己才华和能量的舞台，实现了某个领域的人生价值，这就是当代人经常挂在嘴边的"多赢"，达到这个工作境界，我认为你就和罗文站在了一起，难道不是吗？

十九世纪的一位美国总统从自己的军队中找到一个"把信送给加西亚"的人,帮助他完成了一件伟业,这是那个总统的幸运,也使那个送信的罗文成为"忠诚、勇敢、全心全意、不畏艰险"的榜样影响了无以计数的人。这里我要说的是,其实我们每个人首先要当好的是自己的信使。因为你生活在这个充满竞争、挑战、压力、诱惑的社会里,你所有的一切都不可能是孤立存在的,你首先是为生存而工作,也就是说"先做你该做的,再做你想做的",对工作负责就是对你自己的人生负责,就该随时自己给自己当好信使,不折不扣地完成你分内的事,长期坚持下来,你所得到的会远远比你期望的多得多。

努力吧,不要在乎位之高下,不要计较眼前的得失,工匠的手艺是认真打磨出来的,工匠的精神是责任锻造出来的,你能主宰你的行动,你能拥有你经过努力得到的那一分收获。

记住,若要成功,首先要当好自己的信使。

从丑小鸭到甜蜜素

自小我就知道自己长得丑：矮矮的个子，跳起来像颗豌豆；稀黄的头发扎拢了只有耗子尾巴粗；一双小眼睛笑一笑就成两条缝；好容易长一口小白牙，偏偏被上面两颗尖尖的虎牙恶意突出扰乱了秩序……幸好，爹妈百般疼爱我，学校老师夸我学习好，小伙伴们喜欢和我玩，猪鸡鹅鸭听我的招呼，我也就在风吹日晒的乡野中渐渐长大，没有尝过愁滋味。

是一场偶然的考试，让我对自己的相貌产生了深深的自卑感。

十三岁那年，省城的一所艺术学校到我们县招生。因为从小受爹妈及村里花灯艺人们的影响，我还算有点艺术细胞，不仅加入了村里的花灯队，而且小学三年级就在学校的文艺宣传队出演过歌舞《草原英雄小姐妹》里的玉蓉，成为学校里能歌善舞的小星星，走起路来时不时会颠一下脚掌，仿佛比以前蹦得高了点。得到艺校招生的消息后，父亲直接为我报了名，并选好了两个参加考试的拿手唱段，然后亲自用二胡为我伴奏，细细地扣紧一字一句一板一眼陪我反复练习，直到闭着眼睛都能唱得滚瓜烂熟，然后信心满满地奔赴设在县教育局的考场。

有过多次"舞台"经验的我考试发挥非常顺利，赢得在场各位考官的点头赞许。考试结束后，一个干部模样的人将父亲叫到一间办公室，我悄悄跟去站在门边，听到了一段对话。

"你姑娘唱得很好，嗓音和表现力都比同龄的娃娃强很多。"一个声音说。

"她从小就喜欢唱，生性又活泼，整天像个小叫雀。"听得出父亲的回答充满了骄傲和希望。

"但是，她的长相确实有点困难，将来会影响扮相，不适合演戏，所以……"

站在门外的我再笨，还是能听懂"长相困难"意味着什么，就默默地咬着嘴唇、忍着两包泪水匆匆离开。

父亲仁厚，回家后轻描淡写地告诉我说："这次艺术学校在我们县只招两个学生，听说都被有关系的人走了后门。不管它，就当是做了一次汇报演出。好好读书才是最好的出路。"懂事的我应了一声，再次咬了咬自己的嘴唇。

相貌是老天赏赐爹妈给的，由不得我自己做主。作为兄弟姐妹中的老大，我唯一的选择是，按爹妈的引导一边努力读书多学文化练本事，一边勤劳苦干帮忙持家做榜样，当然啦，怀揣着那个走出大山闯世界的远大梦想，是我从不敢懈怠的内在动力。尤其是知道自己貌不如人，就只有在其他方面加倍刻苦，为的是要告诉自己并非一无是处，能靠自己的努力堂堂正正地立足于这个世界上，人生会有无限可能。

人丑就要多读书，这是近几年和一个挚友互相调侃互相勉励的话，其实十多岁时我就已经让它扎根在心底、融合在血液里了。从山村小学到县城中学，再到师范学校毕业后当了一名山村女教师，通过努力读书、踏实做事，我慢慢地发现自己的内心逐渐变得强大起来、丰盈起来，生活工作中始终保持向上向善的进取心，闲下来就去交往情投意合的朋友、唱自己喜欢的歌、种自己心爱的花草、走向自己力所能及的美丽风景，让自己的所爱填满自己能够主宰的所有时间和空间。

一路走来，领略过很多风景，我坚定地认为：在这个世界上我自始至终是自己生活的主角，自己行走的路线和姿态全由自己决定，自己每日的喜怒哀乐全靠自己调节，每时每刻生发传递出来的微笑全出自内心的从容和真诚。每天晨起对镜梳妆，先给自己一个鼓励的微笑，走出门去遇见花草树木送上一个问候的微笑，对所有打交道的人首先递上一个友好的微笑……久而久之，这个悦己悦人的微笑基本上就成为我的常态表情，成了滋润每一个平常日子的甜蜜素。

父亲说过，老天的安排是公平的，每一棵草都有属于它的露珠。老天给你美貌就不一定给你智慧，给你财富就不一定给你健康，给你显赫的地位就不一定给你人间烟火的温暖，很多东西强求不得，随缘份就好。细细品味这句话，我有一种脚踏实地的知足感：自己虽身材短小却足以能自由行走江湖，虽五官平凡却都功能齐备足以表情达意，虽未能财务自由却也衣食无忧了，所以我日常由内而外的每一个微笑都是心怀感恩的，对世界充满友善的，外在的皮囊仅仅是一个表象而已，有趣的灵魂才能成就自己美好的人生风景。

丑小鸭变成白天鹅的故事几乎世人皆知，但那只是一个慰藉心灵的浪漫童话。我这只俗世间随处可见又独一无二的丑小鸭，经过多年的历练和打磨，年少时的自卑感早已渐行渐远，人到中年蜕变成一只甜蜜、自信、温暖、和善、柔韧、包容的慈爱老鸭，谁说不是一件幸福的事呢。

写给春天

一出门,与猛烈的风撞了个满怀。

你风中无法拒绝的执念和蕴含花香的暖意,撩拨开我突然解冻的知觉:怎么,你果真说来就来了吗?

你附着自然不可抗拒的力量,来到每一寸阳光之下,每一缕空气之中,住进每一个生命的呼吸,使众多的生灵追随你的脚步忙忙碌碌,悲悲喜喜。

桃杏枝头,花儿怒放,枯藤老树,新芽吐芳,它们都在以毫不示弱的姿容,动情地回报着你的温暖与厚爱。你的呼吸弥漫到哪里,哪里的生命就一茬一茬地醒来,你的光环滚动到哪里,哪里的花草树木就以应有尽有的斑斓色彩竞相繁茂,使深冬里沉沉的梦变成鲜活生动、幸福打开的现实,这是怎样叫人心荡神怡的季节呀……

然而,如今你依旧翩翩而来,我却有些怅惘。

我还未有板有眼地打算好这个季节怎样挥洒,还没细致地计算过这些日子怎样裁剪,还没撤去暖暖的煮着汤锅的火炉,甚至还没来得及站在冬的门槛翘首酝酿出对得起岁月的欢迎词,你就笑盈盈地站在了我的面前。明眸皓齿,柳眉杏眼,馋得我忍不住扑过去拥抱你的美丽,你却隐到我的身后格格地笑着,瞬间挥袖疯到另一个村庄。

转过身来,惊喜之余我痛彻地意识到:光阴无情,我又要匆匆忙忙地走过一个明丽的季节,看花开花谢,伴草木荣枯,将来可能会流落成许许多多的"过来人"一样，对于春去秋来、落叶流水渐渐变得无动于衷，会忘记那些成双成对的风筝和五颜六色的梦幻了。

人们无法抓住你的小手，无法留住你的脚步，无法储存你的灵气，无法复制你的风姿，你用美丽的诱惑牵引人们在岁月的褶皱中攀爬、躬耕，历尽沧桑，全是为了使短暂的生命之树结满你的温情，你的馈赠。

就这样，在你缤纷变换的色彩中，我亦喜亦忧，茫茫无从。当终于悟通了大地不光需要花草，我也不能总是天真时，才坦然地在没有你的日子里静静地耕作，正如你无处不在的芳馨，努力为人间添红着绿。

你悄悄告诉我，我的第二季春天，已经到来。

捞鱼河畔走

走过风走过雨走过四季
走过山走过水走过别离
最远的远方
是池中央那朵迟开的莲

最浪漫的故事
是和你一起
每人抱着一个宝珠梨
你给我啃一口
我喂你咬一嘴

花开花落，只为乡愁

近几年来，万溪冲梨花几乎成了呈贡的代名词。

每到阳春三月，规模宏大热闹非凡的万亩梨花竞相开放，喜迎四面八方的人群前来踏青赏春，田间地头除了蜜蜂的飞舞，活动最为忙碌的就是穿红着绿的各色人群，来到花海之中，面对一望无际的银装素裹，人们只恨自己心中的词汇太少、手中的笔墨太钝、相机的电量太吝啬，影响了表达爱意的淋漓快感，生怕辜负了这短暂光阴中浓稠的春情。也因了这梨园盛景，呈贡新城显得更加热闹非凡，越来越多的社会各界人士怀揣喜悦，前来分享她宜居城市的古老园林的秀色、感受她高校园区的书香氛围、体验她日新月异的发展速度、赞美她新昆明后花园的幽静与清纯，从而在今后的日子里更加关注这里的一花一木，一楼一阁。

对于呈贡这座正在成长中的阳光城市来说，这本是一件极大的幸事。每年的这个时候，是我这个呈贡人最忙碌、最不知疲倦的时日。当春节过后某一天的"醒树风"中稍稍透露出一点花开的声音，我就赶紧跑到梨园深处，与春风里舒展开来的黑森森的梨树枝条握手，与枝头刚刚隆起的小小花苞对话，与悄悄露出粉腮的萌萌的蓓蕾亲吻，与大胆敞露花蕊的第一树梨花深情相拥。然后，立马就会利用网络、电话等现代通信工具将花讯传播出去，呼朋唤友，盛情相邀，并发出温馨警示：春光不等人啊，希望在最美的时候相遇在梨园花下。

朋友们自然受不住春风的诱惑和友情的感召，纷纷涌向这片盛产美丽和激情的海洋。常常是"龙灯才走，彩船又到"，让我乐此不疲，心中充盈着满满当当的喜悦。然而朋友们每一次造访，在我看来都只沾到梨园的皮毛，我曾经和他们多次说过这样的话：要想真正感受这片果园的魅力和内涵，光有热情是不够的，还要有穿越的决心和勇气，哪天我们带上水和干粮，我带你们从东边段家营开始一路向西穿行，一直走到马金铺同晋宁区接壤的白云、山母一带，要穿越将近二十公里的梨园花海，将你的鞋袜磨破、两眼望酸、相机电池耗尽，才能走完这片果园，那才叫深入生活、拜访春天呢。只可惜，多年来这个想法都没能实现，每一次踏进一片花海，朋友们就集体"阵亡"，被梨树的千只脚万只手紧紧缠住，被花朵的千只眼万朵唇深深醉倒，被红土地温暖的气息熏得晕晕乎乎迈不开步子，辨不清方向，常常是围着一株几百年的老梨树就要感叹半天、仰望半天、拍照半天、搂抱半天，全然不管不顾还有很多很多的花儿也在同时绽放，还有很多很多的美景等待采收。

在恋恋不舍地离开呈贡时，大家几乎是商量好的，都会意犹未尽地留下一句话：明年花开时还来，请万亩梨花等我！

细细回味这句话，我从中不难品出几朵花瓣一般温暖而复杂的含意：首先是希望年年花开花落我们都要在一起，度过这温馨的浪漫时光；再深一点表达的是只要春天如期而至，我们对生活的热情就不会减退；第三种感觉是隐藏在惜别的目光背后的一种祈愿——但愿这片果园能永久保存下来，年年有花香，岁岁有果甜，不要被城市建设毁掉花叶折去枝条斩断根基而成为千古遗憾！

朋友们的担忧不是没有道理。其中曾多次到过这片花海的大有人在，从十多年前这里还是粉妆素颜的偏僻乡野，到如今招展的花枝已能触到城市高楼的窗栏，变化是令人欣喜的，也是令人忧虑的。城市规划建设已将梨园外围的部分，像啃中秋大饼一样一口一口地啃出了许多缺口，消化吸收后长出了高高的楼房、长出了宽阔的马路、长出了一些外面引进的花花草草，对于一座新城的成长，这些或许是难以避免的，人们虽心生惋惜，但依然可以理解并忍痛割爱的，祈祷着只要大部分梨园能够得以保留，就是呈贡人民的福祉。只是近期突然发现，原本丰满的梨园的肚腹上又被狠狠地一刀划开，刀口直指梨园心脏，正直盛年的果园露出了猩红的皮肉，渗出了难以言说的血色悲伤，随后伤口上又被涂上了黑色的沥青，成为一道永远无法愈合的疤痕，不知往后周边正在开花蕴果的梨树们又会招致怎样的命运？内心的惶惶然自然难以消停。人们生怕有一天一觉醒来，青山依旧在，花事已凋零，万亩果园满目疮痍，近千年的宝珠梨文化会被城市化进程连根拔起，扔进历史的深渊。

  实际上近些年来发生在呈贡万亩梨园的许多文化盛事，都可以用一句短语来总结：传承与保护。自 2012 年春天起，每年一届的呈贡梨花艺术节、呈贡宝珠梨采摘节、呈贡梨花诗会、梨花摄影大赛、书画大赛、呈贡梨园民间艺术节目展演……各种赛事你方唱罢我登台，年年举办年年出彩，为的是在发掘和传承呈贡梨园文化的同时，引起社会各界对这片神奇的土地的广泛关注与支持，唤醒人们保护自然遗产、文化遗产的意识和举措。包括近年来呈贡的相关部门经过不懈努力，获得的呈贡宝珠梨"地理证明商标""国家地理标志保护产品""云南名牌产品""中国质量之光地标产品"等一系列桂冠，包括呈贡万亩花海的盛况在中央电视台多次闪亮登场，吸引了国人亿万眼球的荣耀，都是为了让呈贡这片土地增添更加璀璨的光华，让呈贡宝珠梨文化发扬光大，走向世界，让这颗蕴含着勤劳智慧甜蜜芬芳的宝珠，始终闪烁在彩云之南的天空。

作为一个土生土长的呈贡人，我随时关注着各界人士对梨园文化保护的许多动人故事。我知道，早在十多年前，万溪冲的几十位土著居民为了保留下万亩梨园，曾联名写信给当时的昆明市委领导，并郑重地按上鲜红的指印，请求政府制定保护措施，在新城建设中保留下世代呈贡人创造的文化遗产，"为新昆明呈贡新城留下一个春有繁花、夏有阴凉、秋有硕果、冬有宁静的后花园"；我知道，很多朋友初到呈贡，都会被万亩梨花竞相绽放的壮观场面所震撼，然而一听说很多项目还在向着这片土地蠢蠢欲动时，又都瞬间沉默，感到揪心的疼痛，随后会在一切可能的场合奔走呼吁，巴不得用笙箫和纸笔、用诗歌和美图筑起一道万众一心的防护栏，将铁面无情的城市建设的大型机械挡在园外，为我们的子孙留下无法复制、不可再生的文明；我还知道，一位来自外省的云南大学的教授，对呈贡宝珠梨的关注起先只是因为他作为呈贡的政协委员，觉得应该找一个有感召力的议题作为提案，当偶然的机缘我陪同他到正在积蓄力量准备开花的宝珠梨园，看过那些饱经沧桑却依然坚强如铁、充满生机的几百年的老果树之后，他就以非常动情的语气深深感叹：这是天地人和千年积淀起来的宝贵遗产呀，为什么有人为了眼前的经济利益，还在打这片果园的主意？之后这位教授后就认真展开调研，一头扎进对果园提质增效、对文化传承保护的提案落实中去了，其中的热情让我这个外号为"宝珠梨姐姐"的呈贡土著都自愧不如。

一个人，无论富有还是穷困，无论位居高处还是草根贫贱，都需要有一个心的安放之处，这就是乡愁。呈贡宝珠梨的甜蜜记忆，早已植根于世代老昆明人的乡愁里，这里的花开花落、草木春秋都会牵动千万人的神经，随之快乐、随之感伤，随之在季节的更替中春播夏锄秋收冬藏，享受大自然馈赠的甜蜜芬芳，自然，也会为这片土地有可能招致的噩运而担忧、而疼痛。

我知道，这么多热爱呈贡热爱春天热爱宝珠梨的人们，所做的一切，都只为同一个心愿：让我们的乡愁有一个永久、安然、温暖的栖息之地。

明年花开，你来，我在万亩梨花深处，等你。

捞鱼河从我家门前流

每个人心中都有一条河流，伴随你走过生命的每一个季节和路段。我要说的，当然是一条实实在在存在于天地之间的小河。它从生我养我的小村旁汩汩流过，滋养我童年的所有快乐时光；它从我祖祖辈辈生存繁衍的栖息地流过，见证了漫长岁月中所有的悲欢离合、日升月落……

这条河就是捞鱼河，它是36条流入滇池的河流之一。

我的家乡，是位于捞鱼河中段的呈贡吴家营乡（现已改称吴家营街道）郎家营村，为支持呈贡新城建设，村庄早已于2009年整体拆迁，在原址上新建起昆明理工大学校区，村民变"市民"，同柏枝营、缪家营的村民一起安置在附近新建的幸福小区。但我个人感觉真正"幸福"的事实是：哺育父老乡亲数百年的捞鱼河依然从安置小区旁缓缓流过，且河道拓宽、河堤加固、建造叠坎小瀑布、栽上树、种上花、植上绿草，捞鱼河变得更加美丽怡人。特别是近年来各级政府为治理保护滇池，在滇池入湖口修建了一个700亩的生态湿地公园，几年内人如潮水般从四面八方涌来，使之成为新昆明一个近距离触摸滇池的踏青休闲胜地，让周边居民既能拥揽着饱含乡愁的绿水青山，又能触摸现代化建设的生态气息。

古老的乡愁

捞鱼河发源于呈贡同澄江交界处的烟包山东侧响水箐，其发源地是呈贡森林覆盖最好的地方，虽说这条河全程只有短短的30.8公里，但境内径流面积还是达到了123平方公里，千百年来润泽了流域内数十个村庄的土著子民生生不息，最后从今大渔的土罗村汇入滇池。据呈贡县志记载，捞鱼河"明代水势甚大，中可行舟"，可以想象那是何等壮观的场景，"捞鱼河"的名字由来也就不难推理想象了，只可惜"清末，上流森林砍伐殆尽，水源近于壅塞，变为季节性河道"。

在我儿时的记忆中，捞鱼河算得上是我们小村的"护村河"，因为它与我们村子最边上的几户人家就只隔着几块秧田。那时我只知道河的水源来自上段的松茂水库，它一路蜿蜒缓缓流下，两岸的田园得到灌溉滋润，产出的水稻、小麦、蚕豆、油菜在多数正常年景能养活沿岸各村数以万计的人口。那时的捞鱼河河道弯曲，宽窄不均，冬春两季河水较少，常常只在低凹处有些积水，积水中有些小鱼、小虾、水生小虫和虫卵，河底裸露着黝黑的大大小小的卵石、狗头石，自由自在地躺在河底晒太阳睡大觉。到了夏天，雨水如期从天而降，小河就几天一个模样地换了妆容：有时是米汤一样半透明的河水哗啦啦唱着欢歌一路跑来，引得我们忍不住脱掉鞋子慢慢走进水里，去感受那脚底清凉的滋味；有时几天不下雨，河水就变得清清亮亮的，连水里漂下一棵小草或野花我们都能叫得出名字，这种时候娃娃们就搜找些东西来河里洗，这边淘猪草，那边刮洋芋，青石板上洗衣裳，大树下水塘里老牛来洗澡，欢声笑语好不热闹；当然若是老天下大雨，是千万不能再到河里戏耍的，那时河水的颜色会变得像南瓜汤一样暗红而浑浊，河水会像传说中的老虎豹子一样吼着叫着汹涌而来，扬长而去，光是站在河堤上看看汤锅一样翻滚的河水，还经常夹带着的树枝、死猪、死狗一类的东西沉沉浮浮,就足以令人心惊肉跳,甚至阵阵眩晕,连晚上睡梦中都还会一惊一乍的哭喊着忙逃命。也就难免,时不时会有在河边放牛的、割草的人一不小心被河水吞下卷走,好几天才在下游的某个深水处,或是滇池边的刺蓬棵里找到的……大自然给你阳光雨露、粮食果蔬的同时,也免不了随着性子给你警示、磨炼与灾难,这在我幼年的心里已经有了深深的感受。

呈贡县志上记载的关于这条河水患治理的种种文字,足以告诉你它经历了怎样的沧桑。

捞鱼河自东向西穿境而过,新中国成立前"平均河宽仅为3.5米,堤高1.5米,河道弯曲,河床淤积,民治桥以下,有数段河床竟高于屋脊,新中国成立前雨季溃堤频繁,冲坏田亩,1918年至1928年的10年之间即大患3次",伤人毁畜也是经常发生的悲剧。

我的父亲是土生土长的郎家营人,从小放过牛、种过地、帮过工、砍过柴,长大后又在家人深明大义的支持下一口气读到高中毕业,自然是个有文化有见识的呈贡通了,特别是对于从开始记事起就听着它的流水声长大的捞鱼河,更是倾注了浓得化不开的感情。他告诉我,历史上明洪武十六至二十三年(1383—1390年),平西侯沐英(卒后加封黔宁王)留守云南实行军屯,任内从江南六省迁徙三百余万汉民"实滇"。难怪许许多多的昆明人都说自己的祖籍是南京,这应该不是杜撰的,当然此举也加快了昆明这座移民城市的文明进程。为生存、开发与军备计,沐英发动军民团结垦荒百余万亩并大兴水利,还带领督促士兵和民众在呈贡凿通"过山沟",贯通捞鱼河与洛龙河,引捞鱼河水灌溉下游数十个村子。清朝以后各个朝代陆续修建了坝塘 23 座，从一定程度上对河湖治理起到了积极作用。

当然，最有成效的捞鱼河水患治理肯定是新中国成立以后的一系列水利工程，截至 1986 年在捞鱼河流域共建起大大小小的水库坝塘 58 座，既能预防河水泛滥祸及乡野，又能在雨季充分蓄积雨水旱季保苗种粮，实实在在是福泽一方啊。其中又以 1957 年至 1959 年在捞鱼河的中游建起的松茂水库最为宏大。"那可真是捞鱼河治理历史上最伟大的壮举"，父亲说，"那个时代生产力水平低，缺少大型机械，修建松茂水库的整个工程几乎全靠人工完成。村村寨寨的人们响应政府号召，抽调壮劳力吃住在工地上，每天干 10 多个小时，挖的挖、挑的挑、拉的拉、抬的抬、碾的碾、砌的砌，到处红旗招展，个个干劲十足。很多人累倒了在工棚里，休息两天又接着干，大多数人连过年都没有回过仅隔着几公里的家，他们用劳力、用血汗、用战天斗地的精神意志修建起这座造福人民的大水库，比政府预计的工期提前了 4 个月。为修建起这个 1899 亩的大水库，周边的村子更是做出了很大的牺牲，单是刘家营村就搬迁了 168 户人家，搬迁人口将近 700 人，重新在旁边山坡上建起村子，所以现在刘家营的另一个村名叫大寨新村，也有几十户人家分散搬迁到附近的郎家营、缪家营等村子，一直延续至今"。父亲又感叹道："现在是样样都有大型机械代替人力了，把当年的工程搬过来用现在的人工完成，那绝对是不可想象的。当年松茂水库的修建总共投工 80 多万个，因公累死病死在工地上的就有 8 人。水库建成当年的 1959 年就灌溉大春作物 9000 多亩，增产的粮食在'三年严重困难'中挽救了很多人的性命。到 20 世纪 80 年代，松茂水库每年灌溉田地的能力已经超过两万亩，同时也大大减少了捞鱼河泛滥冲田埋地的水患发生，给周边人民的生产生活带来多大的福祉啊。"

渔村的回望

家乡的这条小河虽叫捞鱼河，但里面的小鱼小虾泥鳅黄鳝却根本满足不了当地村民的需求，最多是偶尔捕到一些打打牙祭而已，这主要原因在于它是一条季节性河道，沧桑变迁，志书中记载的"水势甚大，中可行舟"的状态早已一去不返了。不过幸运的是：我们守着偌大一个五百里滇池，到了河流下游坝子，水田成片，水草肥美，沟渠纵横，鱼虾是周边居民平时肉类菜肴的主食。特别是20世纪七八十年代，滇池水清波荡漾，鱼虾繁密，滇池东岸的呈贡靠海边（当地人一直把滇池称为海，下同）的村子，到河沟、湖泊里逮鱼就像到自家菜地里拔棵白菜、摘个茄子一样简单。很巧的是我的婆家就在捞鱼河入湖口旁边的大渔街道新村，关于那些年滇池鱼虾的丰富，婆婆及老辈人们给我讲过很多生动事例：

——那些年靠海边村子的人家临时来了客人，主人家一边烧茶一边安排十多岁的娃娃：到围坝沟（当地地名）拿几条鱼去！娃娃抓过一把筲箕，扛上锄头出门。只一锅烟的工夫，家里的热茶还会烫嘴，葱姜蒜可能都还没有备好，半大小子就风风火火地抬着一筲箕活蹦乱跳的鲫壳鱼（鲫鱼）回来了。客人惊问："是你家自己养的鱼？"小子答："不是，我把围坝沟围堵起一小座坝来，用筲箕直接到里面撮就是了，一下撮几条，撮几下筲箕就满了嘛。"

——那时鱼虾多得到处都是，婆婆说。到稻田里薅苗（水稻），鱼虾们见人就逃，人才开始下田，一丘田的水就全被那些"谷花鱼"（自然生长在水稻田里的一种鲫鱼）搅浑了，我们傍晚收工时只随便抓个十来条放在蓑衣里面拿回家吃，天天吃也会烦呢，够一个菜就行了。

　　我也是很小就知道，那些年海边人到山里走亲戚，多数是用箩筐挑着晒干的腌鱼或干虾去的，这样担子轻些，礼物又正合山里人家的需要。回家时却常常要挑一担堆得尖尖的桃梨水果或瓜豆洋芋，山里亲戚认为那些鱼虾抵得上大半头猪的分量了，不这样回报心里实在过意不去。这种亲情的往来牵挂和物品的互通有无，也见证和记录了农耕时代呈贡滇池沿岸的某种生态文化，说起来心里自然是暖暖的，饱含着鱼虾的丰硕营养。

　　——婆家的邻居杨大爹曾给我讲过滇池"鱼发"时候的生动场景。他说滇池里的细鳞白鱼繁殖力强产量极大，每年的四、五月份会成群结队地约着到靠岸的浅水处来"摆子（产卵）"，这是海边人都知道的自然规律，那段时间下网捕鱼收获肯定要多一些。可是有一回，他和几个同伴正在滇池边的柳树下咂老草烟休息乘凉，突然听到不远处有哗哗的浪声朝这边赶，直奔岸边的细石滩而来，那种样子一点儿也不像往常的波浪有前有后一浪接一浪的，而是像天上掉下一块巨大的白布直接地飘过来，一会儿就飘到了他们的脚边。当时他们几个也就二十多岁的年纪谁都没见过这种阵势，以为是传说中的地震来了吓得连爬带滚准备逃命，在回头一瞟时突然发现这些密匝匝的白浪中夹裹着很多很多筷子长的大白鱼，争先恐后的朝这边挤过来，近看就能见到清汪汪的滇池水里尽是黑油油挨着挤着的鱼脊背。"鱼发啦！"，旁边几个正在薅苗的大妈爬上田埂就朝这边跑过来，一时间就有很多人闻讯从四面冲过来边瞧热闹边下水抓鱼。由于事发突然大家都没有准备，面对人欢鱼闹的疯狂场面，有些人傻愣愣的不知所措，有些人冲下水就一个劲儿双手合起来朝岸上攉水，其实就是攉鱼。鱼群已经密得一下可以攉起好几条，人们直接将鱼一下接一下地攉上岸，人在喊鱼在飞，水花四溅，一时间乱成一团，很多很多鱼就这样被赤手空拳的人们攉上岸，即使跳得再高也回不到海里，人们疯狂地只管用力攉着，连腰杆都舍不得直起来歇会儿，鱼们依然不知从哪里冒出来一直使劲儿朝岸边挤……大约过了将近二十分钟，鱼突然消失不见了，欢腾的人们在水里只能望见一双双脚杆，攉起来的也只剩下清亮亮的水花，岸上还有些奄奄一息的鱼偶尔翻个身却再也蹦不起两尺高，一切就像一场梦一样结束了。当然啦，人们找来箩筐、麻袋、水盆，将那些鱼捡起来分了，几天来整个村庄的上空都在飘荡着腥香的微风，引得成堆成堆的苍蝇飞来飞去忙碌不休。直到现在，人们也整不明白这鱼群的疯狂因何而起，之后又是哪种信号让他们瞬间消失，只大概知道隔一段时间会就有人遇到一回。而且鱼的品种不同，有时是白鱼，有时是油鱼，有时是箭鱼；地点也会变化，要么在这个海湾，要么在那个河滩，或者在入海口的某条沟渠里。这怕是要借用大自然的密码才能破译的现象了，但有一点是公认的：这种壮观场景可遇而不可求，遇见了就是福气。

说到鱼就不能不说说捞鱼河流域入海口周边的几个村子，乌龙浦、大渔村、大河口、小河口、土罗村、海晏、大湾，这些都是历史上有专业渔民的村子，光听名字你就知道村子的地理优势和特色产业是什么，难怪连这个街道的名字都叫得这般贴切而硬气——大渔。

现在我重点说说乌龙浦。滇池是旧时呈贡县（今昆明市呈贡区，后同）的主要渔场，清朝时滇池边的乌龙浦（现乌龙社区）就是著名的渔港，渔船满湾尽泊，人潮如织，帆樯如林，入夜，万家渔火同满天星光交相辉映，成就了历史上记载的呈贡老八景之一——"渔浦星灯"，可以想见当时的这个海湾渔港是何等的繁华热闹。前不久我随着现任呈贡区文体广电局副局长土大年再度来到乌龙社区，看他们组织对22家古民居挂牌保护，在乌龙老村窄窄的巷陌中，石头铺成的小路只够一人挑一副担子通过，很多老四合院的泥墙已被风雨剥蚀，露出夹带着螺蛳壳、贝壳的肌体，很多老屋的门头、廊柱雕龙画凤、做工精致结实，虽然被岁月覆上一层厚厚的尘土，却掩盖不住曾经的奢华。土大年告诉我，挂牌保护这22栋古民居，主要是为了让滇池东岸的文化传承留下摸得着看得见的证物，条件成熟了还可能将这个史上有名的古渔村开发建设成旅游小镇，让新昆明的居民们感受旧时光的味道，感恩滇池，珍惜滇池赐予我们的美景、美食、美好日子，重拾呈贡昔日鱼米之乡的富庶与安宁。

在乌龙浦村临近滇池的西北角有一个市级文物保护单位——垂恩寺，我也是近期才进去感受过这所寺独特的文化魅力。首先是这里有古老而明晰的天然记载墙。在正殿前石阶四周围栏上，保存完好的沙石上雕刻着线条式的花鸟虫鱼图，最令人称奇的是好些石块上天然含有鱼类、螺蛳类、贝类水生动物的化石，可以想见当年建寺的组织者和工匠们就地取材，将石头切割打磨之后刻上吉祥图案砌上，无意中用自然天成的化石告诉后来的人们，这里早就是远古生物的栖息地，是滇池文明的摇篮。再就是石刻图案明示着滇池渔业的悠久历史，在这些雕刻图案中有一幅特别生动的画面：两只小船逐浪而行相依相伴，船上的人面容祥和，相互间谈笑风生，船边鱼儿欢跳、荷叶田田、荷花摇曳，一幅丰衣足食的打鱼情趣图；我信步登上寺里临西的一间阁楼推窗而立，听到滇池的浪花如寺中的诵经声，声声入耳，看到浪的姿态舒缓而随意，温柔地拍打着寺前的石栏，溅起的水雾令人伸手即湿，放眼望去，西山睡美人此时睡得正酣，特别安然，一定是圆了千年的美梦吧。这样的景致，若能邀上三五好友小聚于此，喝茶、听涛、吟诗、抚琴，或许就是这世上最为舒心的享受了。

华丽的蜕变

当然，凡是靠近城市、人口密集地区的河流，终究摆脱不了被人为污染的命运，更何况，家乡的捞鱼河原本就是一条季节性的小河，如果不是新昆明呈贡新城建设的发展机遇，如果不是保护滇池治理河道的重大举措，它很可能会变成一条被人遗忘的臭水沟了。

我们美丽的滇池，历朝历代都被公认为是红土高原上的一颗光彩夺目的明珠。20世纪八九十年代，滇池周边如雨后春笋般崛起的各类企业，成为昆明地区最先富起来的标杆。但这个经济高速增长的事实，是以滇池遭受严重污染、高原明珠光彩不在为代价的。"三废"排放管控不到位、掠夺式的过度开发，差点让这个绝世美人成为一个人人厌恶的臭水塘。滇池在哭泣，昆明人民心在流血！治理！治理！治理！多年来政府投入巨大的资金、高新的技术、众多的政策措施，源头治理、"四退三还"，终于使我们的母亲湖逐步起死回生，恢复美丽容颜。在这一系列举措中，我本人觉得近年来对36条入滇河道"河长、段长、沟长"层层落实责任从源头治理的硬措施，应该算得上是既尊重生态科学规律又保持长效管控机制的好办法。

十多年前,当整治捞鱼河的序幕徐徐拉开,正好赶上现代新昆明呈贡新城建设的良好契机,所以从规划、设计、施工以及同下段湿地公园的建设布局、有机衔接,都充分蕴含了现代生态宜居城市的各种元素。市区两级的水务、滇管、环保等部门,在发挥部门职能作用的同时倾注了非常多的关注和热爱,将捞鱼河整体打造成集园林绿化、城市景观、休闲度假、运动锻炼及河湖治理为一体的绿色长廊。现在,捞鱼河河道已被改造成了河底宽度6至8米、河道口宽20米、流经呈贡新城的风景如画的景观河,走进两岸树林,你就能感受到河畔30万株乔木和80万平方米绿化所散发出来的绿色魅力。

　　捞鱼河上段和中段整治全长为6.5公里,定位为生态景观河道。整治前的状态为农田,无雨污水管,污水直排,河道狭窄、不规整,河堤均为土质,过流、抗冲击能力严重不足。整治工程本着"统筹规划、因地制宜、突出重点、改善水质"的原则,生态与工程治理措施相结合,以达到完善沿岸污水收集系统,彻底截流沿岸生产、生活废水,提高防洪保证率,改善两岸生态景观的目的。一是艰苦卓绝的截污工程:在捞鱼河顺河流向埋设污水管道,收集雨污均为自流,全长17.3公里,两边各设检查井若干座。污水直接流到捞鱼河下游的污水处理厂,处理达标之后才能回到河里。二是高瞻远瞩的规划建设效果:使河流两岸形成大树密植,深林成荫,溪流穿行的大气恢宏的城市景观公园,河道整治设计的防洪标准为一百年一遇,河道断面采用矩形与梯形相结合的复式生态断面,枯季利用河道底部宽度较窄可使河道内保持一定的景观水位,汛期随水位上升,过水断面迅速扩大,利于下泄较大洪水。三是两岸景观凸显大气园林布局。两边河岸以树林、地形作基础元素,以常绿乔木为全河段的基础背景林木，以季候性乔木分植于各主题段的路侧、河傍，随季节变化构造四季不同景色，形成四季常绿，季季有景的布局。各段交接处，构造景观节点，重点植大树，建设景观小品建筑休闲服务建筑及跨河桥，满足休闲功能，形成了大景观格局。四是河岸坡技术在工程上满足边坡稳定、抗冲刷的要求，同时水体、土体还可实现生态交换，有利于水体自洁，形成生态的良性循环，配合两岸的林木绿化、截污工程，进而达到防洪泄洪、生态环保、景观宜人的综合整治目标。整治中按照生态河道治理的要求，河底种植水草，护坡草坪绿化，利用植物吸附和过滤流水中的营养物质、沉淀物，达到净化水质，保护滇池的目的。

俗话说"蓝图易画举步难"。为使捞鱼河的全面整治实现城市生态、园林、文化、休闲景观河道的理想效果，昆明市、呈贡县的有关部门、街道、社区，包括沿岸的昆明理工大学、云南民族大学、云南白药集团等有名的高校和企业，都积极支持配合，在资金、技术、征地拆迁等方面做出了应有的贡献。河道两侧的企业大学建有中水处理站，实现中水回用，无污水排入河道内；云南白药设计建设了一个45亩的河道湿地，对河道水质进行湿地净化。

在整治过程中，采取全面征地、生态绿化、多元投资等措施，实现了堵口截污、全面禁养、河道保洁、控制污染，

沿岸社区配备河道保洁员8人，对捞渔河实施全面巡逻、保洁，对生活垃圾及时收集、清运，同时政府对河道两侧的土地实施了全部征用，已无农业面源污染。捞鱼河整治不仅拓宽了河道，实现了两岸贯通，改善了河道的景观面貌，还方便了群众的生产生活，使沿岸村庄免遭洪涝灾害，保护了人民生命

和财产安全，产生了较好的生态、景观、社会、经济效益。这些有力的措施运行几年下来，终于还给当地人民一条绿树成荫、清溪潺潺、花鸟共嬉、虫鱼共存的理想景观河，同时也给我们的母亲湖滇池注入了清洁的水源。

值得一说的是，捞鱼河中段3.7公里河道治理工程中没用过一块水泥砖、没用过一方混凝土，全部用可以长草的六角空心生态砖和鹅卵石铺成。为了打造景观效果，全程用了1.5万块六角空心生态砖和13万立方米鹅卵石，一共建起了16个叠坎水塘。叠坎从整体上看就像阶梯一样，上面建一个叠坎水塘，将水自然蓄积起来，水流出水塘漫过坎时就形成小瀑布，看得见白色的水帘，听得见哗哗的水流声，保留了河道水往低处流的天然造型，依次在下面合适的地段又建一个小水塘，再建一个小水塘，把这些阶梯状的水塘像珍珠一样串联起来，大大提升了河道的景观效果，营造了"鸟儿林中唱，清泉石上流"的幽静氛围。

捞鱼河，我父老乡亲的母亲河，我的童年生命中最清纯的回忆，我游走四方时最温柔的牵挂，如今从原来一个朴实无华的村姑，经过这么多年太平盛世的爱心关注和匠心打造，蜕变成一个靓丽非凡的大家闺秀，一年四季，爱她、恋她、亲近她的人趋之若鹜。

湿地的包容

近几年的捞鱼河，一下子在昆明人心中成为知名度倾慕度突然走高的热词，原因绝对是她的下游滇池入海口处的湿地公园。作为当地土著，我每个季节至少要亲临一次，而且每次都感到心醉、氧醉。

2004年，按照景观与实用并举的原则，呈贡县统筹兼顾开始了捞鱼河生态湿地的建设，将一年中大部分时间的河水全部截入湿地进行净化，同时，拆除了2800多米防浪堤，使湿地内生物种类逐渐增多，水生植物生长繁茂，成为滇池外海湖滨生态状况较为完好的区域之一，改变了区域湖滨植物群落类型简单、组成单一、生态脆弱的状况，以丰富多彩的立体景观再现了昔日滇池湖滨湿地"三春杨柳、九夏芙蓉"的美景。不过那时种植的树木尚小，基础设施相当简单，整个湿地虽粗具规模，除了开始悄无声息地净化着捞鱼河水水质，并没对外开放。

经过多年的休养生息和设施建设，捞鱼河湿地公园终于于2014年正式盛装登场，以靓丽的身姿、宏大的胸怀接纳来自四面八方的人们，且一炮打响，形成轰动效应。

先引用一下专家的描述："捞鱼河湿地物种保存最完整、生态条件最好，建设起来将是全部环滇池湿地当中景色最美的。"十多年前，捞鱼河入湖口湿地设计师韩亚平，在捞鱼河入湖口湿地规划听证会上这样描述。根据规划，这个湿地将建成以水体净化、生态修复、生态保育功能为主，同时兼具湿地保护科普教育、湿地观光游赏、湖滨休闲游憩、旅游配套服务等功能的保护型生态湿地。这个神秘而美丽的湿地形成水上森林景观效果，向游客开放两年来，你实地探访过吗？

为了证明捞鱼河湿地的与众不同，我们最好是围绕一组数字来展开。

捞鱼河湿地公园每天净化尾水5000立方米。其水质净化效果和目前国内先进的净化水质的湿地公园相差无几，滇池国家旅游度假区环保部门领导介绍，进入捞鱼河的水是捞鱼河污水处理厂的尾水，日均流量最高达5000立方米，这些尾水通过湿地慢流净化之后，靠各类植物根系吸收和微生物发挥作用，以及通过径流沉降等自然方式物理处理之后，捞鱼河湿地净化过后的水可以达到五类水标准排入滇池。

建立100米一级保护区。一般游人可能不太了解，整个捞鱼河湿地可分为两大区域，一是距离滇池100米以内的范围，按照昆明市的滇池保护条例的界定，这是一级保护区。更靠外的范围是二级保护区。整个湿地的净化主要通过湿地内建设的木本湿地、草本湿地内的植物，尤其是微生物、根系吸收等自然方式将水净化，在经过地表径流沉淀等作用之后，净化才能完成。

湿地占地700亩，3.5万株中山杉，动植物种类繁多。在众多的滇池周边湿地公园中捞鱼河湿地算得上"大姐大"，且其建设用地之前全部为高产良田，建设之初就一口气植下3.5万株中山杉，通过多年的植被繁育、物种合理布局，如今已是浓荫密布，水草丰美，水清、岸绿。现已有部分成长迅速过于密集的中山杉被移栽到捞鱼河河岸或周边，连公园内400个生态停车位，都是用中山杉分隔而成、树荫庇护的，基本上没有种植其他木本植物，保证了捞鱼河湿地的生态完整度。湿地内的动物和植物种类都比较丰富，据国家自然科学资金资助项目，观测到鸟类182种，其中国家二级保护物种有9种。我经常见到游人带着孩子用网兜在公园内的小溪里打捞小鱼小虾，情趣盎然。

水域覆盖面积500亩。进入湿地，见到最多的、规模最大的树种就是中山杉，中山杉脚下是经过引流进入湿地的尾水，形成独具特色的水上森林，从搭建好的木栈道进入水上森林，是每个游人最美好的享受。顺着水流，你会不经意间看到进入湿地的水经过沟渠自然引流到各级地势形成的水塘池中，已经清洁了不少。同时，根据不同的地形特点，湿地内精心打造成几个区域，有摇曳多姿的荷花塘，有碧绿平坦如草坪般的浮萍水塘，有如到了白洋淀一样的芦苇荡，令人流连不知归路。而一条条沟渠则连通了湿地里不同区域和不同地势之间的水，经过各区域发挥净化水的不同作用，形成了湿地内特别设计的布水系统，最终将迂回净化完成的水排入滇池。

3公里观光慢行系统。捞鱼河湿地内按照纯观光和科普等用途，规划了3公里长的慢行系统。包括1.5公里长的湖滨步道、1公里长的自行车道、700米长的林间栈道，还有300余米的观景长廊。游客或步行，或骑行，不但可以穿梭在郁郁葱葱的树林里，还能够看到湿地净化过后的清澈的水流入滇池的舒心场景，当然，也可登上水边的望海亭，极目远眺，"把酒凌虚，叹滚滚英雄谁在？"。可以说，这里是景观最美、特色最浓、生态保护最好的一处清幽之地。

都说湿地是地球的肾，这个不难理解的比喻所蕴含的原理已得到越来越多的民众的认可和关注。人们热爱滇池、关心滇池的成长和保洁，巴不得一有空就来拥抱滇池的美丽。捞鱼河湿地公园开放以来，周六、周日游客爆满，前来游玩的车流量最高时达8000辆次/天，真有点超乎想象。最火爆最浪漫的"事件"应该是发生在今年2月份的"郁金香花展"。占地22亩总数为60万盆的各色郁金香，在滇池湖畔的春天里倾情绽放，我没有办法完整描述当时的空前盛况，只说得出那一个月里，捞鱼河湿地公园旁边三四公里内的空地和道路全都成了停车场，几百万网民的网络空间时时处处都被朋友圈爆发的郁金香美图潮入侵、占领、疯狂炫亮……

作为一条河,一条流进五百里滇池的小河,历经风雨,历经人与自然千百度磨合交融,最终在捞鱼河湿地慢下脚步,走过清凉世界,身心得到净化,融入万顷碧波,捞鱼河是幸运的,我觉得滇池也是幸运的。

从盛宴到小吃

我的家乡在昆明近郊呈贡，我的出生、成长，到如今的安居乐业，除了到省城昆明读过几年书，一直都没有离开过这片热土。忆起往昔，对比今朝，单说呈贡的几个特色小吃，就使我生出许多感慨。

先说甜脆汁多的宝珠梨。我的老家在呈贡半山区，是宝珠梨主产区，从记事起，我就知道呈贡宝珠梨的美味和名气。但是20世纪六七十年代连水果都实行统购统销，绝大多数果子摘下来都要交到水果收购站，除了学龄前儿童可以跟着父母到果园干活混几个尝尝，或是爹妈晚上收工时冒险用蓑衣裹几个回来解解馋外，要想酣畅淋漓地吃上一回宝珠梨，吃得满口、满手、满胸膛都是香甜的果汁，吃得打个饱嗝都喷着宝珠梨的香味，就只能等到水果采收接近尾声时，生产队给每个社员分个十斤八斤的时候才能实现。可那样的机会每年只有一次啊，许多人家还要将分到的果子挑出些长得周正个头大的，拿到街上卖点油盐钱补贴寡淡的日子。从小在梨树下长大的我，面对每年秋季的丰收景象，还是能从大人们的言谈和盘算中感受到几分酸涩和艰辛。如今可不一样了，宝珠梨种植管理技术不断提高，保鲜条件日趋改善，每年中有四五个月，只要你想吃，都能在果园中、集市上、冷库里、地窖里买到，让你吃个够，享受身在果乡的甜蜜幸福日子。

说起回味悠长的呈贡臭豆腐，就想起童年的贫困。呈贡臭豆腐一向以细腻鲜香、入口即化、回味十足而闻名。小时候，常常是家里来了客人或是过节，爹妈才舍得用一碗黄豆去换几块臭豆腐来蒸了吃。当蜂窝状的小孔里冒着热气和油花的臭豆腐从甑子里端上桌时，我们姐弟几个的口水就在喉管里流成了汩汩的小溪，巴不得连碗一起吞下肚。但吃饭时，出于礼貌和节俭的需要，我们只能每一碗饭夹上一小块，然后用筷子不厌其烦地在碗中搅来拌去，让软软糯糯一触即化的豆腐和米饭充分地拥抱黏合在一起，为的是每嘴饭都能沾上一点点令人垂涎、回味无穷的豆腐沫，享受几个月甚至半年才有一次的盛宴。所以直到现在，臭豆腐拌饭吃一直是我的最爱，不同的是，如今只要你有胃口，完全可以尽情吃，吃个够、吃个爽、吃个肚肥腰圆，只怕破坏了你的减肥计划，因而只敢将此口福回归到小吃的系列，随时信手拈来了。

　　至于香糯可口的豌豆粉，儿时是没有条件随时品尝的，妈妈隔两个月煮上一锅，盛在簸箕里冷却凝固之后，在切成条的一碗碗淡黄色的豌豆粉上放上红红的油辣椒、绿绿的芫荽、酸酸的梨醋、香香的姜蒜汁，叫来亲朋围坐在一起，稀里哗啦地享受难得的美味大餐，一个个吃得红光满面、浑身冒汗、笑语不断。当然啦，一次解馋的豌豆粉往往也就抵了一顿饭，别再奢望还有三盘四碟等着你，最多在豌豆粉吃完后剩下的佐料里舀上一勺冷饭继续爽爽地吃下，已是极大的享乐了。而今呢，我们日常的饭桌上鱼肉蛋奶基本不断，还时不时提醒自己注意不要营养过剩，当心"三高"难以扭转，哪里还有必要把豌豆粉当主食吃。

　　从餐桌上看世事变迁，谁不感慨改革开放四十年经济社会的发展，给广大中国人带来的肚里和心里的饱足感。那些贫苦的日子里难逢难遇的盛宴，现在成了随时可以享受的地道小吃，其间的味道，难道不是越来越丰富、越来越和谐饱满了吗？

从小街到花都

据说每个人都是一种花,我相信这种美好的说法,因为花代表了青春、美丽、芬芳、希望,甚至思念与寄托,我认为无论是狗屎花还是牡丹花,都是带着美好愿望到天地间吐露芳华、展示生命之精彩的。为了寻访到自己在植物界的对应形态,我经常走进斗南,一个被称为花都的地方。

二十多年前去斗南买花,卖花的人十有八九是本地自产自销的花农。那时候从呈贡县城搭乘一辆小马车,一元钱,随着踢踢踏踏的马蹄声响,哼完一首歌的工夫,就到站了。在几个方方正正的钢架大棚下,像个乡街子一般的斗南花街有很多个出入口,街中的临时摊位摆满各种鲜花,盛放的容器也很简单,多数是长手臂的竹箩、粗大的塑料水桶,或是直接铺一张塑料纸,将一把把捆扎好的鲜花堆在地上,展示着一种粗放朴素的美好。人们嚷着叫着,花儿咧嘴笑着,自有一股愉悦的魔力在牵着我东边转转、西边走走,石竹、玫瑰、剑兰、满天星、勿忘我,都在期盼着我把它们搂在怀中捧回家去。等到离开时,我看见大多数人怀里都有了抱不下的五颜六色,这时还会有老奶奶、小媳妇抱着各种鲜花追着要便宜卖给我,我笑着拒绝着、躲闪着,累并满足着,觉得赶花街的过程自然要比进菜街子或逛服装店快乐多了。

后来随着呈贡鲜花在外名气的扩大、产销量的与日俱增,花街周围许多特色花店、货运代理、花艺公司、花卉物流等应运而生，凡是与花卉绿植能扯上亲友关系的人或物都如雨后溪流般地来到斗南花乡汇集、落脚、寻梦，渐渐地，斗南在全中国乃至整个地球村的名气已经远超呈贡。再逛花街，可选择的品种、可欣赏的范围、可享受的服务已经大大超越了之前的认知。我的个人欲望呢，也就越发被花街的魅力刺激出来，快速膨胀升级，除了隔三差五地跑去斗南饱饱眼福、吸吸香气、顺顺心情，将实在舍不下的至爱掳走占为己有，还会在每一次同外地朋友告别时特别强调一句"欢迎来斗南拈花惹草！"。有关斗南花卉"风向标""晴雨表""驰名商标""区域品牌"等新名词被提到了各类新闻的头条，斗南被浓浓的花香、缤纷的色彩所晕染，给滇池东岸这块土地带来了无限的荣耀和机遇。那时的斗南花街，无论硬件设施还是运作模式，已承载不了走向世界的构想和格局，必须积蓄力量来一次华丽转身。

　　近两年的斗南，真是令我刮目相看，我这个花痴土著如果半个月不去看花买花，再去时可能会在鲜花城堡、多肉迷宫和绿植森林中随时迷路。弄不清哪位多才多情的高人，为三年前新建的现代化花卉交易场馆取名花花世界，真是绝配。正在规划的斗南特色旅游小镇、AAAA级风景区，将努力实现以花为媒而衍生出来的各种功能和服务，让我们重新想象斗南：不远的将来某一天早晨，我有朋自远方来，在斗南地铁站，用一辆租来的敞篷旅游花车接上他们，沿着鲜花大道一路缓缓而行。先到滇池边的花田，让每个人亲自采摘一把带着露珠的鲜花，放飞一天的美丽心情。然后到斗南小镇的美食街品鲜花宴，随后到花艺中心用鲜花材料亲自编织心仪的花篮，再到花卉品牌馆寻找可心的干花、永生花、花食、花饮，这满满的收获会在第一时间，有上门服务的快递公司寄到他们的亲人朋友手中。

傍晚时分，体验过花仙子走秀的浪漫之后，卸下妆容，我带他们去泡鲜花温泉，用馥郁的芬芳浸透每一寸肌体，驱走半世的疲惫。之后到一个雅致的花艺餐厅，喝着花茶，尝着鲜花小吃，听着花灯小调享受夜色阑珊的滇池晚风，夜宿鲜花客栈，梦里花开知多少，管它今夕是何年……

说来说去，这么些年过去了，斗南就要由一个村姑变成世界级的大家闺秀了，我天天沉迷其中自得其乐，还是没有确定自己到底是哪一种花，是多情的勿忘我，还是温暖的康乃馨，是灿若云霞的天竺葵，还是不愿长大的多肉？走，到世界花都，我一定要找到答案。

一花一果，嫁接时光

　　唐志宏是吴家营街道郎家营社区人，从小就在宝珠梨树下玩泥巴攒砂锅长大。只有初中文化的他，十六七岁就走出山村到处打工闯荡，曾在晨农公司种过菜、跑过运输，在普洱等地贩卖过野生菌，回家乡经营过绿化苗木，应该说他大多数营生都一直在和庄稼和土地打交道。

　　随着呈贡新城建设的不断推进，老家的土地上"长"出了昆明理工大学、云南民族大学、云南师范大学等几所令人眼馋的高校，这些新生事物的出现将彻底改变这片土地上人们的生存格局，村里人有的外出租地继续种花种菜、有的周边打工挣钱、有条件的干脆闲下来享受小区市民的悠闲生活，而刚近不惑之年的唐志宏觉得，不做点有意义的事情似乎对不住这大好的发展机遇。于是，他开始竖起耳朵、睁大眼睛、抓着头皮找机会，2011年，还真让他找到了一个生态乐园——郎家营社区仅剩的一千多亩宝珠梨老果园，于是就在社区两委的支持下大胆地把这片老果园承包过来，单是每年上交的承包款就要两百多万元，更别说水利、道路、简易房舍等等的投资了，一般人粗略一算就望而却步了，但是唐志宏既然选择了就义无反顾，开始了对这方红土地日复一日、月复一月的耕耘。

　　几百年的老果园，对于土生土长的唐志宏来说充满了感情，寄予了希望，一树一花，一草一叶，既需要传承保护，也离不开创新发展。创业之初，老果园的改造必须放在首位，除了最大限度地保护好原有的老果树外，他还要考虑整体的土地利用和经济效益。于是，艰苦卓绝的过程开始了：老梨树修枝打叉、改良嫁接、疏花蔬果，空缺处种上绿化苗木以待来日创效益，实在稀疏的地块干脆种上时鲜蔬菜，开沟施肥、适时灌水、防虫除病，全部流程都逐步实现了标准化的运作和管理，目的只有一个：用标准化的种植管理手段，确保呈贡宝珠梨皮薄、肉嫩、汁多、渣少、酸甜适口、香味独特的特色品质，促使呈贡宝珠梨的知名度越来越广、口碑越来越好、销量逐年增长，使自己对土地的付出能早日得到回报。

近年来，这个春有繁花、秋有硕果的新昆明的后花园吸引了越来越多的游人、朋友前来赏花摘果、休闲度假。于是，一个颇有传统园林气质的餐厅兼茶舍的四合院就应运而生了，取名"禾松生态园"，院落的周围满是百年老梨树，院子中也最大限度地保留了几棵老树，让它们继续诉说着近千年的宝珠梨文明史，其间又布置了精巧的水池、蜿蜒的卵石小道、纤纤瘦瘦的竹林和随意休闲的秋千，待到梨花烂漫时，相映成趣，令人迷醉其中。渐渐地，这里成了城里人周末度假的极好去处，成了文人墨客交流切磋的文气之所。为了增加生态园的文化氛围，在几个高校老师的建议下，2014年又创建了呈贡区首家民办书画院：昆明禾松书画院，至今已举办了好几次书法绘画作品展出、书画艺术家交流切磋活动，他长远的想法是要依托呈贡大学城园区人才齐集、文化氛围浓厚的资源优势，把这里打造成文化休闲旅游胜地、文艺交流培训胜地，为果乡增光添彩。

路漫漫其修远兮，唐志宏的创业梦才刚刚展开翅膀，为了新昆明后花园的文化传承，为了宜居城市更加引人注目，他一直在春华秋实的期盼中嫁接时光，在朝朝暮暮的汗水与收获中，脚踏实地，无怨无悔。

龙城呈贡

话说龙城

呈贡是"昆明人"的故乡。据史料记载,三万年前栖息于滇池畔呈贡龙潭山洞穴内的原始人类,已经能集体采集、捕鱼、狩猎,并使用火塘,成为"晚期智人",进入到氏族公社阶段。龙潭山作为"昆明人"人类文明发展的摇篮,注定了远近闻名的龙城呈贡与"龙"有着不可分割的历史渊源。

在呈贡的山间平坝,随处可见到人们祈求风调雨顺的龙王庙,县域境内星罗棋布的黄龙潭、黑龙潭、白龙潭,以及乌龙浦、彩龙村、石龙湖、洛龙河、龙街子等地,都流传着一个个美妙动人的民间传说。有趣的是,到了今天,呈贡最清凉甘甜的泉水依然叫龙井水;县境内连接石安公路和昆玉高速公路的大动脉称作"石龙路";于20世纪90年代中期兴建了云南省最大的"龙舟赛场"和"龙乡赛马场"等训练基地,多年来这里的跳伞、飞车、山歌节、龙舟赛、皮划艇等文体活动,吸引了数百万计的四面八方的客人。呈贡饮食行业赫赫有名的一条龙餐厅、龙华园饭店、兴龙园山庄,令无数南来北往的食客们尝过不能忘、流连而忘返……古往今来,这些与龙的文化一脉相承息息相关的龙的传人们,对龙的虔诚与崇拜可以说无时不有、无处不在。

逢年过节、喜庆场合,龙城人舞龙灯、唱花灯、打秧老鼓格外盛行,彩龙、金龙、板凳龙争相登场,龙灯队员们身着艳丽盛装,踏着鼓点热闹出行,舞到县城,县城成了龙的海洋,舞到乡间,乡间成了龙的天下。按龙城人的乡俗,龙灯所到之处,贺到谁家,主人必鸣炮(爆竹)相迎,一直到龙舞得差不多"精疲力竭"之时,方才停止。末了,龙在离开前,对着这家大门三点头,而这家主人会根据能力敬献上瓜子、炒豆、香烟、糖果,或是压岁的红包等,表示同喜同庆的拳拳谢意。

戏说"母龙"

在龙城呈贡每年的龙灯队伍中,有一条龙十分引人注目,这条龙的特别之处在于,舞龙者全部由清一色的妇女组成。一色的青布褂子绣花鞋,一色的绣花围腰姊妹装,具有浓厚的乡土气息。当地人诙谐地将这条龙称为"母龙"。

这条"母龙"来自地处半山区捞鱼河畔的郎家营村,这是我的衣胞之地。郎家营在呈贡算得上是有名的花灯之乡,新春佳节舞龙唱花灯已是百年不断的传统活动。多年前,村里一群妇女在乡场上看着男人们耍狮舞龙的神气劲,羡慕得心痒手更痒,几个人私下你一言我一语地合计好后,就风风火火地拉起了这支近二十人组成的龙灯队伍。从龙的设计制作,龙头的描金画彩,到龙衣上每一个鳞片的修饰绘图,她们都亲自动手,精雕细琢;每一双花鞋的绣制,每一块围腰的选择,着装颜色的搭配,她们都精心策划。这些过程蕴含了农家妇女的灵秀与质朴,细腻与温情。每年腊月二十九,当龙体被装扮一新之后,她们就将所有队员邀齐,面对滇池方向,摆上香案,叩首接龙,意为请得龙的神灵附体,好让她们在日后舞龙的日子将龙的灵气带到各家各户,昭示着来年的国泰民安、风调雨顺。

这条巾帼不让须眉的"母龙"无论是去贺军烈属、贺五保户，还是贺机关、贺企业、贺寻常百姓家，所到之处都会受到最热烈的欢迎，锣鼓一响，就会招来长长的队伍尾随着她们，为她们鼓劲加油、欢呼叫好，她们也就越舞越精神、越舞越起劲。队伍中上了年纪体力不支的退下来，马上会有年轻的姑娘们争相补充进去，姑娘们到了出嫁的年龄不得不离开了，很快会有新娶的小媳妇来欢喜接替。

趣说村名

如果说滇池是镶嵌在红土高原上的一颗璀璨明珠，那么呈贡便是这颗明珠旁的一块碧绿的美玉，自古就有"滇池黄金岸、果菜鱼米乡"的美称。这个仅有四百多平方公里、一百二十多个村子的"袖珍"县，单就地名来说，就有着许多生动的历史典故。

一是"营"。据有关史料记载，明朝初年，元末云南梁王巴匝剌瓦尔密退守盘踞在呈贡罗藏山上（后因此改称梁王山），明太祖朱元璋于明洪武十四年（1381年）秋，派大将傅友德、蓝玉、沐英等人带领几十万大军前去征讨。因梁王山地势险要，难攻易守，梁王众将士拼死抵抗，就有了"漫征梁王十八年"之说。因此，到明洪武十九年实行军屯时，扎营于梁王山脚下的各个明军首领的姓氏，就演变形成了现今的各个村名。如王将军的扎营地叫王家营，郑将军的扎营地叫郑家营，依此类推。屈指算来，在呈贡叫这营那营的村子，居然有三十多个呢。

二是"渔"。很久很久以前，滇池沿岸的村子，几乎都是渔村。大渔村原名"打鱼村"，可见渔业是当时村民的主要产业；海晏村因居滇池之滨，盛产鱼虾、鸭鹅，明清时官府、商贾常来此地取海味设宴而得名；乌龙浦为彝语，意为渔浦。昔日渔舟晚归集中宿于此地，夜来灯火阑珊，犹如繁星闪烁，旧县志中记载有"渔浦星灯"之景列为呈贡老八景之一，渔业的繁荣可见一斑；大湾村是滇池东岸较大的一个海湾渔村，因这个村的村民常年以新鲜鱼虾为主要经济来源，加之口音独特，呈贡其他村子的人调侃他们的口音生来就是"腥气的鱼虾味儿"。滇池沿岸的村子，各自都有一段很长很辉煌的渔业历史，即便是到了20世纪的六七十年代都可以轻易在滇池边的水沟里、稻田中，捉到一篓一篓的活鱼大虾，随便划着船到湖中一撒网，打上几十公斤一条的大鱼是常有的事。令人惋惜的是，从20世纪八九十年代，随着滇池受污染的日益严重和近似于掠夺的捕鱼，滇池里的鱼子鱼孙们的生存环境面临严峻的考验，差不多沦落到"三天打鱼半年晒网"的地步了。

呈贡文化火塘的添柴人

呈贡是滇池东岸的一块文化福地。从龙潭山昆明人的发祥地，到天子庙古滇文明的历史印迹，从抗战硝烟中西南联大精神文脉的构筑，到源远流长的滇剧、花灯、绘画等民间艺术长廊的延伸，从滇池畔的果菜鱼米乡之长卷，到宝珠梨的千年传说与豌豆粉臭豆腐的百世回味，无一不彰显着这块土地上厚重而璀璨的文化积淀。

我这里要说的，是近几十年来与呈贡结缘、关心热爱呈贡文化传承的几位作家的温暖与厚爱。

最初爱上写作，是在20世纪80年代中期，那时我还是一个稚嫩的山村女教师，业余时间常常将校园里的各种见闻和感悟写在笔记本里，一个人慢慢回味。后来在呈贡县文化馆的一次培训会上认识了应邀来讲课的辛勤老师，得知辛老师在呈贡工作过二十年，把人生中的大部分黄金年华都和这块土地紧密融合在一起，对呈贡的山川草木和许多人事充满感情，再加上辛老师为人谦和、幽默风趣，感觉一下子就对他熟悉起来，我就大着胆子将几篇小习作拿出来请他指点，后来慢慢地就有机会在《蜜蜂报》上发过《童年的甜白酒》《哈哈果》等几篇儿童散文，都得到了辛老师的悉心帮助和鼓励，至今依然感怀于心。后来的很多次，辛老师不辞辛劳地一次次到呈贡为我们柳林文学社讲课，同我们一起到滇池岸边、松茂林场、万溪梨园等地进行采风活动，用他渊博的学识、亲切的话语和循循善诱的思路启迪我们读书写作的方向。记得有一次到松茂林场摘野生杨梅,看着一丛丛只有腰杆高的杨梅树上密密麻麻结满了红宝石一般的杨梅果,他动情地说:"你们看,树不在高矮,关键是努力接地气、努力迎着阳光雨露积攒自己的能量,人家在那么贫瘠的土地上生长,还不是争争气气的结出了这么多果实,向大自然展示了自己存在的价值。"说得我们在场的人无不动容。虽然近些年各忙各的见面的机会少了,但看到辛老师七十多岁了,还孜孜不倦地继续着培育花朵的事业,还能够骑着自行车穿梭于昆明的大街小巷,像条健硕的鱼一样游刃有余,抵达自己想去的各种地方,作为他老人家的学生(如果辛老师认可的话),我除了深深的敬佩就是妥妥的欣慰。

认识陈约红老师也有二十多年了,缘于她作为1996年冰心文学奖的得主之一,1998年3月带着冰心先生的超级粉丝——两个日本女孩,到呈贡的"冰心默庐"来寻找先生曾经的生活芳踪。两个女孩都是冰心文学研究者,一个是北大研究生,一个是北师大汉语言文学学生,因只有一面之缘,早已成过眼云烟。而上天让我们牵手的陈约红老师,却以仙女姐姐的形象给了我一个大大的惊叹:她一袭粉装,柔情似水,言语如百灵鸟婉转悦耳,说起冰心先生在昆明在呈贡的生活故事滔滔不绝,让我屡屡产生幻觉:才貌双全的约红老师就是冰心先生的化身,就是人文关怀的使者,就是童心世界的引路人!这种感觉让我幸福至今,久久回味。

那时"冰心默庐"尚未得到应有的重视,还偏居于呈贡武装部大院的一角,斑驳的土墙,边角残缺的灰瓦,三间正房经历风雨的洗礼已是岌岌可危,旁边的耳房也只剩下了一间,还悲苦地露着边上的几根椽子,像是一条鱼被剔去了皮肉露出的白骨，旧址没有围墙、没有标志牌、没有专人打理，那种凄清的状态很是令人痛心。外面的人自然知之甚少，只有小部分文化人或先生的亲朋好友会慕名而来，回想感怀一番抗战的烽烟里先生一家人的生活状况。那次寻访之后，陈老师又带了冰心先生的女儿吴青、女婿陈恕教授来过，成为冰心先生在呈贡生活重现的金牌使者，陈老师可谓用情至深，乐此不疲。几年后，经各方文化达人的奔走努力，冰心故居修缮工作得到各级政府的高度重视，于2005年在原址上修缮如旧、落成迎客，且作为昆明市重点文物保护单位和呈贡区文物管理所驻地的双重身份，在滇池东岸的凤岭松峦中、在丽日蓝天下，记录着、传承着冰心先生的遗风，渲染着柴谷坝子的文化气息。这一切的背后，陈老师处处宣传、奔走争取各相关部门的支持，实在是用心良苦。

　　后来的日子，陈老师就逐渐成为呈贡这块土地上的文化使者，一有活动就倾情参与，而我作为当地土著，每每有幸陪同一次就和仙女姐姐走近一次，深深感到这是上天对我的特别关爱。2009年，为了保护母亲湖滇池的各类宣传事项，陈老师反复在滇池沿岸连续奔波多次联系并落实相关的环保及媒体宣传事宜，倾心尽力。那时交通尚不便利，到呈贡走访滇池渔民的行程居然是靠小马车加徒步，我们从斗南出发，顺着滇池岸边一步一步前行，一村一村采访，整整走了一天，在饱览滇池风光之余深深感到母亲湖的美好已遭到前所未有的破坏，再不治理，当代的政府官员和沿岸居民将会成为千古罪人。在沿岸渔家，陈老师随和谦逊，大爹、大妈、大哥、大嫂叫得亲切，草墩小板凳随便就座，让受访渔民异常感动，将她当自己人一样掏心窝子，获得了满满的第一手资料。后来的很多次，无论是在瓜果飘香的万溪梨园，还是在繁花似锦的斗南花市，或在韶山冲藏书楼采风的红土高坡，只要陈老师在，我们的温暖幸福就会翻倍呈现。

称为"白发男生"的吴然老师在我生活中的出现其实也很有些年头了。最初是听陈约红老师说起，说吴老师在《春城晚报》当文艺副刊编辑，为人如何纯善、和蔼，作品如何丰富、亲切、接地气，但苦于我自己才疏学浅、习作稀疏，虽有很多机会遇见，却一直处于敬佩仰慕的状态中而羞于走近。直到七八年前的一个春天，我们有幸邀请昆明儿研会的老师们到呈贡赏梨花，一行人徜徉在花海中且行且乐欢歌笑语，走累了就围坐在一棵几百年的老梨树下休息，春光旖旎，花瓣飘舞，看着笑得像个孩子似的吴然老师，我说："吴老师，我家大呈贡还是有玩场有特色亮点呢，以后请你们多多下来举办各类文化活动，增添这里的文化气息。"吴老师马上说道："小凤莲，呈贡是新昆明的后花园，我们肯定会随时关注的。梨花虽美只能欣赏，我们要的还有金秋时节的甜蜜果实，还有这块土地上更多更好的文艺作品，你就当呈贡宝珠梨的代言人嘛，我们年年来交流采风、分享新昆明的发展成果。"吴老师一语说中我的心思，作为生于斯长于斯爱于斯的呈贡土著，我一下激动起来马上表态："好呢好呢，以后你们就直接叫我宝珠梨姐姐啦，我会好好关爱这片土地上的每一棵梨树，每年为大家奉献最甜最香的宝珠梨。"就这样，我一下就消除了之前的怯懦，把吴老师当作自己亲近的长辈一样，在他面前畅所欲言，慢慢地圈内的朋友们开始亲切地称呼我"小凤莲"或是"宝珠梨姐姐"，叫得我心里美得像四月的滇池水，荡漾不已。

近些年，吴老师的著作就像是滇池水浪打浪，一浪赶着一浪走，令我等无与伦比地敬佩。而成为大师级的儿童文学作家的吴老师，虽然头发花白，脸上已被岁月刻下一些深深浅浅的纹路，但眉目唇齿之间所释放出来的，依然是满满的对世界对人生的关爱与温暖、乐观与豁达，依然是对文学艺术的孜孜以求，对童心世界表达方式的不断探索。更为可贵的是，吴老师百忙之中依然时时惦念着呈贡几个作者的读书写作情况，一有新作就认真指点、帮助提高，用温暖的手牵着我们向前走，一同取暖、不离不弃。

在各个文学前辈燃起的文化呈贡这个火塘边待得久了，温暖中静静的梳理思绪，我渐渐发现了一个"秘密"：像辛勤老师早已桃李满天下却还在默默耕耘、不停歇开拓的脚步，像吴然老师和陈约红老师早已著作等身、获奖无数、名声震耳，但他们在人群中却表现得随和、低调，不显山不露水，依然孜孜不倦地默默前行，笔耕不辍。他们的共同之处是，一直以来扎根于生活的沃土，拥有一个博爱的胸怀，一直怀揣积极向上的正念和修为，才使生命的根须越加繁盛，才使生命的枝叶长盛不衰、硕果累累。

几位老师，值得我们终身追随，终身敬仰。

呈贡宝珠梨，昆明人的乡愁宝典

爱了宝珠梨半辈子，被身边的朋友赐名为"宝珠梨姐姐"，我美滋滋地全款收下，绝不半推半就。但要说到全面收集规整对宝珠梨的记载、吟咏、绘画、歌唱等各路艺术成品，就觉得这个姐姐有点名不副实。好在我自认为一直在修行路上，承认学无止境的动态规则，也就边走边聊，暂且把竹筒里存的些许小豆子缓缓倒出，与大家一起分享。

呈贡龙潭山，是"昆明人"的发祥地，这是历史文献记载及文物印证早已定格了的史实，给滇池东岸的这方土地增添了厚重而悠远的荣光。无论如何，三万年前就生活在这里的人类婴幼儿时代被学富五车的考古学家、历史学家命名为"昆明人"，与今日之大昆明相映成最壮丽的人文山水画卷，除此宝地，谁与争锋？

历史烟云过于辽远浩瀚，我的思想维度难以企及。一一细说这片土地上与我们的生存息息相关的美好食物，除了"鱼米之乡"的诸多代表，还有一种在滇池东岸"柴谷"坝子的缓坡地带，在氤氲润泽的五百里滇池水光山色间，孕育了近千轮季节流转的水果，让如今已是中年的我们，或是我们的上一代、上几代昆明人，能口口相传、手手相牵、惺惺相惜，一起品尝或珍存在记忆深处的共同的甜蜜乡愁。

这就是呈贡宝珠梨。

我先说一段对宝珠梨的通用表述：呈贡宝珠梨是云南的梨

中精品,拥有九百多年的种植历史。相传宋朝大理国时,大理高僧宝珠到昆明讲经,带来大理雪梨蕊与本地优良梨树嫁接,经长期培育而成。宝珠梨果大形圆,皮色青翠,肉色雪白,肉质细嫩,多汁无渣,味甜香醇,外朴质而内金玉,人称"果中君子""滇中梨王"。呈贡宝珠梨与闽广荔枝、吴越杨梅蜚声华夏,被分别誉为"梨王""玉女""星郎"。

我敢代表呈贡人民向你保证,上述这段话你在任何地方全文转述、复制粘贴、有偿服务或免费赠阅,都不会有抄袭嫌疑,呈贡人只会坚定地将你当作亲密的朋友。

在经济繁荣发展、文化星火璀璨的宋朝某个历史时段,信仰虔诚的宝珠大师,从大理国不远千里、跋山涉水来到滇池之滨,原本是为履行讲经说法、普度众生、教化于民的佛家本分职责,其行囊中偏偏夹带了刻意从洱海湖畔小心采摘来的几枝雪梨蕊,足以见得这位高僧修的不仅是口、是心、是灵魂,更是为天下苍生谋福祉的善行,是脚踏实地为百姓添衣加食拓宽耕织品类的善举,是"诵经千遍不及身边的好事做成一桩"的最好实践。在浩如烟海的历史长河中,这样的传说即便没找到宣纸上、石碑上确凿的记载,只是世代口口相传,也不会有人去用心质疑。用一首流传甚广的诗歌句式来表述:

> 你信或不信
>
> 宝珠梨遥远的来路
>
> 它就是从宋代延伸而来
>
> 你见或未见
>
> 宝珠梨茁壮有力的枝条
>
> 它曾被一位高僧温柔抚摸

你尝或不尝

宝珠梨香甜的汁水

它就在呈贡的红土地上满溢

一个周而复始延续了成千上万年，关乎这片土地上的居民日子酸甜苦辣的自然现象是：不用呼唤也同样不可阻挡，春天的梨花会一夜间漫山遍野、纵情盛开，秋天的梨果会不知不觉长大、成熟，挂在黝黑的枝头，香味会飘得很远、很远，肆意偷袭人们的嗅觉开关，点燃人们回归故乡的冲动。除了称为万物之灵的人类，各种鸟兽虫豸都会毫无例外地、前赴后继地去饱餐天地赐予的营养美食，或是花蜜，或是雨露，或是果汁，或是树皮，大自然总是为所有盛放的生命之花准备了充足的生存盛宴；天地间无时不在上演和谐共处的泱泱大戏，不用鸣锣开道，不用盛装彩排，所有有缘的生命会按照自己的直觉和意愿，踩着节气的鼓点，乘着自由来去的风雨，随时登台亮相或者自然谢幕。这些，根本不需要传说与记载，只管随着天地万物生命律动的节奏，索取或是放弃，新生还是消亡，只在须臾之间。

接下来说说被宝珠梨园环绕着的呈贡人民，是怎样把这种圆满香甜的果挂在嘴上、捧在手心、吃进肚里、藏在心底。

20世纪70年代初，我七八岁的年纪，那时果园是集体的，果子是公家的，村里人要想吃到自己村民亲手种出的果实，一年只有一两次机会，那就是等全村人把交给县上水果收购站的任务按质按量完成之后，才能把剩下的果实摘下来全村人口平均分配。在金秋果子成熟的季节，为了馋兮兮的嘴巴和寡淡淡的肠胃，能得到宝珠梨的甜蜜抚慰，就只有一个"曲线救国"

的办法：我们几个小伙伴常常以找猪草为名约在一起，撵着到果园干活的妈妈们的屁股，穿梭在果园深处，等背箩里有了些猪吃的青饲料之后，瞄着妈妈们中间休息的机会，伸开殷勤的胳膊和讨好的腿脚，爬到果子成熟的树上，拣成熟得早的圆润饱满的果子摘下一些，每人分两个在梨树下席地而坐，抱起就啃（那时，在田地里干活的劳动者顺带品尝成熟的果实倒是没有明确禁止）。耐性好点儿的人会像用锄头铲草皮一样，将翠绿色的梨皮用牙齿一片接一片铲下来吐在地上，梨皮铲光之后露出雪白丰满的果肉，渗出不断滴落的汁水，才凶狠地一大口咬下去，原本圆润的梨"咔嚓"一声就缺了一块，嘴里呢，必须得一边嚼一边赶紧吞咽，不然汁水会从嘴角像小溪水一样淌出来，顺着脖子淌到胸腔上，黏黏的一片；如果遇上急性子的姐姐或是孃孃，根本不会花费时间去啃梨皮，而是直接"咔嚓"下一大块，用灵活的舌头在嘴里翻个个儿，咔咔两下就把皮去掉"噗"的一声抛在地上，只两三下，连肉带汁，刚刚还在树枝上随风轻摆的宝珠梨，已经妥妥地躺到人的肚子里，接受随之而来的消化分解去了。但不管咋吃，每个人吃完几个梨，都会幸福地觉得馋也解了、渴也止了、肚子里也踏实了，嘴角、下巴和手上都沾了一层黏黏的汁水，慢腾腾地站起来伸个懒腰，心满意足地投入到下半场的劳作，直到夕阳西下，如倦鸟一样在清朗的晚风中慢慢归巢。

时至今日，每年的中秋节，我一直按小时候妈妈教给的做法，在八月十五的晚上，用筛子或簸箕盛满丰收的各类食品敬献月亮公公，甚至连祈祷词也还延续妈妈教给的说法。

儿时，中秋节晚上八九点钟，当皎洁圆满的月亮升到半天时，妈妈开始清点簸箕里面的贡品是不是已经齐全，除了一个圆圆的皮上铺着芝麻的大饼之外，最抢眼就是宝珠梨了，因为成熟得透又长得周正饱满，宝珠梨微黄的皮上已经长出许多黄褐色小果点，看上去就像皮肤白净的小姑娘脸上随意长了几粒雀斑，显得更加娇俏。用手轻轻抚摸，润滑的感觉里明显触到了因充分成熟而分泌出来的像油又似蜡的一层薄衣，泛着淡淡的甜香。妈妈说，敬献月亮公公的果品一定要四个为一堆，她边说边把三个宝珠梨挨在一起，形成一个"三足鼎立"的格局，然后将第四梨个稳稳地立在三个梨拼在一起的肩头上，说是代表着四季丰收、层层圆满的好兆头。旁边再放些苹果、石榴、板栗、核桃、花生、毛豆、苞谷之类的当季果品，再斟上一杯茶、一碗酒，将盛放贡品的簸箕端到门外，用一个高凳子托起放在月光之下，然后妈妈点燃三炷香，双手举过头顶，对着月亮公公慈祥的笑脸虔诚地三作揖，随袅袅上升的轻烟念念有词道："月亮公公，恭请您来和我们一起品尝丰收的果实啦，请您在天庭上面保佑人间风调雨顺、万物安康，保佑我家一年四季五谷丰登、六畜兴旺、七星高照、八方来财、幸福长长久久！"

一口气祈祷完毕，母亲又把簸箕端起举过头顶，双手握着在头顶上转了三圈，一面转一面连声说着"请！请！请！"声音清亮、通透，很快就被凉爽宜人的秋风传到了天上，她才一脸幸福地端起簸箕回到屋里，然后将簸箕里面的贡品一一摆到饭桌上，吆喝全家赶紧来一起吃。只剩下四个大苹果和四个宝珠梨，妈妈把它们恭恭敬敬地以同样的摆法移到家堂供桌上，一个祈求平安，一个聚集财富，中秋佳节的仪式也就算履行完成，余下的就是品尝各种美味的温馨时光。

那些年，对于家在海边（昆明人都把滇池叫作海）下坝村子里的人来说,能吃上宝珠梨却不是一件容易的事。我家有好几家亲戚在海边的乌龙、新村、大河口等村子里,每年宝珠梨成熟的季节,生产队分了梨以后,父母亲都会计划好用箩筐或篮子送一些过去。当时交通落后,走亲访友全凭一双脚去丈量一条条乡间小路,肩上还要担着沉甸甸的宝珠梨,可谓意重礼不轻啊。我跟着妈妈去过几回,每一回都要走很远很远的路,要在路边树下歇好几次才能到达要去的村子。记得有一次好容易走到大姑妈家,我口渴得拿起水瓢舀瓢冷水就往喉咙里灌,喝完,坐定后,咂咂舌尖才发现,原来海边井里打上来的水这么难喝,有股腥气味,让人感觉肚子里像养了一群小鱼小虾似的难受,就不顾妈妈阻拦拿过一个宝珠梨,啃几口,解解嘴里的腥味儿。姑妈家里的一位奶奶见到妈妈背来的宝珠梨,两眼放光,赶忙找来一个小碗、一把小刀、一把小勺,只一会儿就将梨皮削去,然后双手捧起雪白的梨凑到嘴边,饿痨痨地用干瘪的嘴唇"滋滋滋"地吸吮梨汁,边吸边转,梨的全身很快就被吸了个遍。满足地歇了口气,老奶奶又用小刀一下一下地开始刮梨肉,把梨肉刮成一小堆一小堆的细泥扒在小碗里,然后一小勺一小勺地送进嘴巴,砸巴一下咽下去,又砸巴一下咽下去,这时我才发现,原来奶奶的嘴里,已经没有一颗牙啦,她老人家对宝珠梨这样贪婪又聪明的吃法一下子就化解了我们一路的辛苦,让我觉得走再远的路脚也不疼了。更为惊喜的是,当我们回家时,姑妈给了我们一背篓已经晒干的小鱼虾,够我们平时馋得抓草的肠胃过上好多天有肉香的日子啦。

回家路上妈妈告诉我,宝珠梨是我们山里的特产,鱼虾是海边人家的特产,只有亲人之间才会把最好吃的东西送给对方。

后来我知道了,只有呈贡这块最早在滇池边的石山洞穴里繁衍出"昆明人"的红土地，因了宝珠大师的爱心嫁接，因了后来的昆明人的精耕细作，因了滇池水的柔情滋润，以及代代相传的创造甜蜜幸福新生活的执念，才会酿成一坛千百年来的共同心愿：

中秋国庆到了，走，到呈贡吃宝珠梨！

梨花疯得正是时候

一大早还在梳洗打扮,滴里嘟噜的微信提示音密集地叫起来,我习惯性地抓起手机随便一瞟,原来是朋友们在继续比拼昨日艳阳当空梨园花下的各种美照,其中一行文字一下抓住了我的心:记得,在老去的路上,让快乐成为一种习惯。

哈哈,仗着早起一时,这个家伙把我刚想要表达的意思,生动地抢先说出,好吧,认了。我将所有能进入我心灵高地的句子统统视为经典,收藏。

去年暖冬,在十一月份的时候我去梨园看过那些老梨树,尚有很多橘黄或酒红的树叶挂在枝头,在阳光下随风轻摇,粗壮的树干上厚实的青苔毫无枯萎的迹象,密集的苔花或许还做着拜访牡丹的梦。当时一起同行的朋友感叹着春城的名不虚传,我却在隐隐担心被气候打乱了生命律动的树,如果休眠期不够,来年的花期、坐果必然受到连锁反应的干扰,这是一个农业专家朋友告诉我的,我深信不疑。

果不其然,节气的鼓点不差一分一刻,准时的敲过了立春、雨水、惊蛰,坦然让那些风儿摇开了桃花李花、吹醒了河边小草、染绿了万千柳枝,酥酥痒痒地撩拨着人们开始准备着一场桃花疯罢梨花疯的放肆,于是就有各种蠢蠢欲动的念头像土里的虫儿样不断爬出来,不分白昼黑夜地借着便利的通信工具前来骚扰:梨花何时放,能饮一杯无?心中诗已酿,何处惹尘埃?今年梨花诗会的舞台搭在哪一片梨花坐标上?呈贡豌豆粉在春天是最好甩的季节,梨花酒是否从柜子里搬出来啦?

你说这些春天里的"花痴"吃货,借着诗的令箭、情的醇香逼着我三天两头跑梨园去探听消息,可接连几次都无功而返。已进入三月,整个万亩梨园的黑森林,只稀稀拉拉地由几棵或一小片梨树点燃起白色的光亮,告诉你繁花的脚步越来越近了。大多数梨树呢,似乎还在春风里娇嗔地打着轻酣,任你千呼万唤,它们就是只管把花骨朵铁铁地搂在枝头,黑着脸说:人家还没睡够呢,一边儿玩去。从小生长在梨乡,我知道梨树开花时间是分品种的,最先开的是黄梨、麻梨、酸大梨、海东梨之类的,占呈贡梨园品种八成以上的宝珠梨是最后才开花的,要比其他品种晚开十来天,这怪不得宝珠梨姐姐的不近人情,这是她的秉性,再加上气候的缘故,整体花期就姗姗来迟了。

所以,一年一度的梨花诗会等活动,当地的领导和文化达人们也只能凭着经验、借着运气,提前半月将时间敲定下来,毕竟还是有一系列的准备工作要做。

左挑右选,总算确定了一块生长着黄梨树的园子,搭起矮矮的舞台,树上的梨花开了一半多,以花为媒的诗会的氛围一下子就热闹、鲜亮起来。借着春的名义和诗歌的灵气,今年的梨花诗会提前在高校中海选了二十多位校园诗人,看着呼啦啦一下子涌进梨园的天之骄子们,我的感觉是"梨园花下抒心语,春风万里不如你!"随后,他们依次登台亮相吟咏,台下花光靓影中均是热情盎然的听者,当中有许多是资深的诗人、作家、编辑、评论家,全都欣欣然陶醉在诗意的海洋中不可自拔。在随后的诗歌讲座中,一位阅历、学识皆丰的教授客观地对这些初入诗门的学子们的作品给予了评述,我想,对于他们而言,这是这一天最有营养的言辞。诗歌是直通心灵的表达艺术，是修炼灵魂的梵音，有缘走进，甚幸。

诗会的议程结束之后，真正的主题才开始铺陈。我这个在活动中忙得上蹿下跳的东道主之一，一下子失去了抓手，谁也找不见了，偌大个梨园，诸多花讯阵营，只好由他去吧。

直到暮色将近，手机电池用光几次，才陆陆续续将这些花痴们唤拢回来。等待的过程中自己自然也不愿辜负春光与相聚的美意，同三五好友在园中继续浪里个浪。然后就是从昨日到今天一直发不完的图片，意犹未尽的嬉笑怒骂。大概是：大红大绿的个性化服饰、老鹰捉小鸡式的变化多端的队列、撒娇装嫩卖萌的动作、故作夸张的抖音姿态、卖弄风情的各种摆拍，我的天，不疯才怪，电池和流量都被这场聚会消耗殆尽啦，谁来买单？

答曰：快乐来买单！

相对于同样的处境和状态，要快乐自然有一千个理由，若苦闷也会有一万个原因。那么，由谁决定？我的答案是：心态。正如这万亩梨园花海，自然不能随了你的心愿全部同时盛放，大家能如期相聚，原本奔的就是一场有意义的盛会、一群有情怀的好友。我从朋友圈里海量的照片中总结出来，无论是开得稀松单调的枝丫，或是已经花团锦簇的枝头，基本都只是背景、陪衬的位置，对于常常因一米阳光、一缕希望、一点善意、一眼信任、一步成绩就心花怒放的我们，树上的枝们花们其实已不太重要了。

我爱这年年岁岁都如期而至的春天，爱这春天里纷纷扬扬的每一场花开，更爱这花事里无处不在的依依聚散，这些，难道不是每一天快乐的能量吗？

就在今天，我猛然发现，所有季节的、气候的、阳光的、风雨的能量，都挡不住心里的花开。

借一场花事，续一段情缘。无论梨花早开晚开，我都等你。

海湾坝子的小幸福

"柴谷"是旧时呈贡的另一个地域名字,我也是参加工作之后读了些史料记载才知道的,"柴谷"在彝族语言里的意思是:盛产稻谷的海湾坝子。早些年代这里的土著居民是彝族人,后来随着昆明外来人口的迁徙流动,汉族和其他民族融入了这块丰腴的土地定居下来,从彝族同胞说汉话"柴谷"的口音特点一步步演变,与之共天地同甘苦的"呈贡"这个称谓就渐渐代替了最古朴、直白的叫法。

其实我真心喜欢"柴谷"这个地名。这是一个多么富有诗情画意和幸福味道的名字啊。可以想见,在五百里滇池清波荡漾的东岸,不远处的青山环抱中,一个个村落星罗棋布,一条条溪流交错纵横,一代代勤劳的居民精耕细作,种出了金黄饱满的稻谷、甜蜜爽口的水果和各色鲜嫩宜人的蔬菜,再从滇池的浪涛里划着船儿捕来鱼虾,再养些猪鸡牛羊,这样的景致,难道不是太平盛世里最幸福的写照吗?当然啦,这个地名涵盖的是呈贡方圆几百平方公里整个大大的坝子。

我这里想专门表达的,是对"柴谷"中的"小柴谷"——新村的满满的热爱,温暖的幸福记忆,举例二三略表。

新村大米

20世纪80年代中期,我刚刚参加工作,在一个山村小学校教书,赖以生存的粮食是国家定量供应的十五公斤大米(或小麦粉）和二公两菜油，每个月自己到粮管所去买回来，交给学校的伙食团一起开伙。可是，每一回买来的大米无论是煮了吃、蒸了吃，还是焖了吃，都是一股陈年老仓米特有的气味，饭粒偏黄、黯淡无光，颗粒之间毫无黏性，送进嘴里到处跑马，像掺了散沙一般，虽说能填饱肚皮，但如果没有豆豉、卤腐、火烧辣子之类的咸菜帮忙调节胃口，感觉吃饭还真的仅仅是为了活着。

后来有位老教师出了个主意，说大渔新村的本地稻米胶黏、软糯、清香爽口质量好，在呈贡县是很有名气的，可以买一些过来掺进去，改善一下米饭的口感和营养。老师们一致同意后就开始实施了。第一顿掺了新村本地米的饭吃得那个香啊，比起之前，米饭的颜色由杂黄变成莹白，形象由"散糠糠"的自由体变成一饼一饼的块状，但还是能明显分得清一粒粒莹润饱满呈半透明状的泛着油亮光泽的颗粒，甑子里飘出的香气是稻花的清爽和绿草的回甜，扒在嘴里的饭团不粘牙齿就裹舌头，让人越嚼越有味儿，最夸张的是，就连用筲箕滤出来的一盆米汤都被抢光，一滴不剩。民以食为天，更何况我们的国家已发展到改革开放初期，不差这一口吃的啦，一月少吃一顿肉，也要将每天的主粮大米饭整得爽口爽心的，从那以后我们小学校就再也没用供应老仓米单独煮的饭了，我们到农贸市场买米、买菜，也是听着口音问着大米的产地，将买到新村的本地大米视为一种很有成就感的快乐。

新村莲藕

二十多岁，在对的时间遇见对的人，我就从一个小山村嫁到新村，年年能吃到自家田里种出的大米、莲藕，这真是一种福气。

　　那些年，新村是呈贡地区的鱼米乡，地肥水美，主要农作物是大米和蚕豆。人勤春早，三月前后家家户户就开始撒稻秧，在自家的秧田里辛苦地翻土、和泥、做墒、播种、施肥，有条件的还会在撒上谷种的墒上面铺上塑料薄膜，这样稻谷的发芽率肯定会更高一些。等绿闪闪的秧苗长到差不多快可以移栽的时候，另外一种苗的先锋队就开始悄悄地拱出泥土，小心谨慎地裹着嫩绿的衣裳前来报到，它就是小荷叶。沉睡一个冬天之后，秧田深泥里的莲藕被春风唤醒，顺着暖流的引领钻出水面，准备开始新一轮的创造和奉献，于是绿油油的秧田里就有了东一枝、西一柱的藕叶冒出来，一点一点地打开玉盘似的小伞盖，一天一天地伴着秧苗随风起舞，让人们的欣喜与盼头又增添一层。

　　村里的秧田是连片的，一家挨着一家，用窄窄的田埂隔开，绝大多数人家都种有莲藕。水稻秧苗被移栽到大田以后，村人们回过头来侍弄田里剩下的藕苗。除去水里的杂草，夯实田埂以防漏水或倒塌，再撒进去一些农家肥一脚一脚地踩进泥里，只等更多的藕苗长出来，日渐茁壮，到盛夏开出艳丽多姿的荷花，引来蜻蜓、蜂蝶等各类昆虫共享岁月的葱茏。此时走进荷田，就是走进一幅美丽的画卷中，谁都可以成为传说中的荷花仙子。据说我们地方的藕田从来不需要专门播种，因为是深水藕，田土松软肥沃，莲藕在成长过程中到处随意延伸穿越，采收时任你再好的功夫都不可能刨得干净，无意留下的自然就成为来年的种子。这种说法我没有考证过，至少我们家的秧田是没专门播进过藕种的，顺其自然，每年会有每年的收获。

　　当秋天走远、冬天来临时，吃藕的季节就到了。每回挖藕，我们都要选个阳光灿烂的晴天，一来晴天才能高高挽起裤腿站在泥里不至于被寒气击倒，二来挖出的藕经过晾晒才能及时脱去厚厚的泥衣，便于保存和清洗。通常是我家娃他爹穿上宽大的旧衣裤下到泥里，我和孩子在田埂上接应，他先用锄头扒开一层最上面的泥巴，然后用脚掌去泥里轻轻探寻，发现目标后就用双手将藕节周边的泥扒开，一团一团地捧起来搬到身后，等露出一节莲藕后再用双手小心翼翼地拽出一整只来（大多有三四节），递给早已守在旁边的我，把莲藕放在田埂上一只一只地排开来晒，晒一阵还需要轻轻翻动，尽可能在当天经过晾晒的藕去掉泥土。这种活计看似简单，却需要不间断地、耐心地重复，等田埂上晒起几十只莲藕时，他已刨到田中间，身后是一堆堆翻过来才得见天日的新泥，在时光的密室里沤得黑黝黝的，正吸收着暖阳中鲜活的灵气，田中间已被刨成一条沟，前面还有很多干枯的褐色藕叶，在微风中招手告诉你，继续努力，还有好多好多宝贝在等你！

  一天劳作下来，脚瘫手软的困倦肯定是绕不开的，满满当当收获的喜悦也绝不会跑走半滴。那些年，周边上了年纪的人们都在口口相传：买藕要买新村藕，肥实、白嫩、沙甜、软糯，连藕丝都特别有筋骨。莲藕上市季节，在交易市场，新村的藕绝对是最先卖完的，不管当天街市上有十挑八担，来迟了的买主只好干瞪眼空叹息等待改日再赶早。我庆幸自己能够年年吃到婆家自己栽种的名气美食，且还可以分享给亲友们品尝。直到产业结构调整后，田地里全部种上蔬菜、花卉，这种幸福才不得不收藏于记忆中，让它继续发酵、回味。

新村过年

回家过年是中国人家家户户团圆的幸福日子，我们新村的年味一直是生活中最为丰盛的亲情大餐。

大年初二，我们全家老小按照每年约定的惯例，从四方八面赶回来，打开大包小包的年货，热热闹闹置办两桌家宴，这当中每年都少不了几道村里的特产：用自己种的莲藕做的排骨炖藕、藕圆子、煎藕饼、腌菜炒藕片；从隔壁人家豆腐坊买来的又香又化的新村臭豆腐；村里养殖奶山羊的人家自制的香煎羊乳饼。这些菜是老父老母提前备好食材儿孙们回来分工协作而成的，做的过程和胡吃海喝的过程，无不带有温暖回归的酣畅淋漓，感觉连自家做的卤腐、豆豉、水腌菜、糟辣子，都因为出自家乡的水土、饱蘸着乡情而更加滋味浓郁，各自回家时差不多又是大包小包的搬，将那些盆盆罐罐都席卷一空才过瘾。

饭后，大人小孩各找其乐。

最热闹的地方是村里老寺门前的戏台前小广场。大人们早早地用草墩、板凳认好位子，吃完早饭后到老寺里敬几炷平安香，就守在戏台前，坐的坐站的站，嗑着瓜子吹着散牛，等着敲锣打鼓的花灯小戏开场。新村王家庄是历史上有记载的呈贡"灯棚"之一，因了"米粮仓"名号下生活的安定富足，文化娱乐自然就成为生活必需品的一部分。到了改革开放年间村里更加重视传承和发扬传统节庆方式，几乎年年都不会让戏台空着广场冷清，而是请来各种演出团队，让不想外出的老少爷们守在村里过大年，跟着花灯小戏剧情里的唱念做打，一起流泪一起欢笑，享受真善美，憎斥假丑恶，特别是让上了点年纪的村里人，享受到浓浓的年味。

孩童们的玩场自然更加丰富,最好玩的应该就是放炮仗吧。我们家的大人们早就准备了好多烟花炮仗,一吃完饭小屁孩们就不见了踪影。迎着初春的暖阳和风,我和小姑子约上去参与孩子们的玩乐,往往是,从戏台边上的乒乓声中问到了去向信息,赶到围坝沟时却没找见人影,只看见冒着轻烟的淤泥里,散落着许多红色的炮仗碎屑。等闻着炮仗火药的香味追到高场上,又被扑面而来的蚕豆花香掩盖失去了线索。几经周折,等我们终于奔波到滇池边的鱼塘埂上逮到这些"小金饭"(新村人笑骂小孩的常用词),他们一个个都变成了泥猴,口袋里的炮仗早已消失于开阔的田野上空,拎着的小桶里,居然有几十条纠缠在一起的泥鳅相互拱来拱去,原来是孩子们以炮仗为武器,从干了水的小河沟底淤泥中一炮一炮炸出来抓获的俘虏,开心倒是不用说了,只可惜了每个人才穿了一两天的新衣服啊,这些"小金饭"!

这些,只是庸常生活中的小幸福,却足够我回忆享受一辈子。愿我们美丽的新村越来越好,勤劳善良的新村人民安康太平。

落叶的疼痛

呈贡这座小城的美真是无处不在。先不说那条穿城而过的清澈河水，一年四季不声不响地从十里外的黑龙潭淙淙而来，又不声不响地滑过人们忙碌的视线投入滇池的怀抱，暂不提老街那些地道的新鲜果蔬、特色小吃、传统美味，单说街道两旁那些个性张扬的法国梧桐、遮天蔽日的小叶榕和挺拔俊秀的银杏树，在每个季节都能显现出不同的色泽、气味和神采，大概是这座小城没有高楼、布局散漫、民风淳朴的缘故吧，她们远比别处的绿化树多了些自由伸展的空间，多了些阳光雨露的青睐，一枝一叶都显得格外的舒展而精气神十足。

这个秋末的一天中午，我随意在小街上闲逛，抬头瞥见路两旁的银杏树仿佛一夜之间被施了魔法，所有的叶子都变成了黄色，那些鹅黄的、金黄的、橘黄的枝叶饱吸了阳光的灵气，交织着相互比美炫亮，让过往的行人眼花缭乱。当我轻轻走过，一阵小风吹来，几片银杏叶像是久违的老友，毅然离开枝干，翩翩飞扑过来，落在我的头上、肩上。让我立即生出一种被宠爱的小激动。

喀、喀、喀！突然我看见前面不远处有人举着一根长竹竿，在一棵银杏树上用力地敲打。待我走近，才看清那是一个五六十岁身材矮小的妇女，身穿黄马褂，旁边地上还摆着一把竹枝扎成的长把扫帚，她应该是一个环卫工人。树上除了枝叶还是枝叶，没有什么可以收获的果实或挂在树上的宝贝，她在敲什么呢？

喀、喀、喀！随着响声，树上的叶子纷纷坠落，有的扑向树根，有的飘到不远处徘徊纠结，有的甚至连细枝都被敲了下来，一小簇一小簇的躺在地上发出不甘的声声叹息。

我忍不住上前对这位环卫工人说："你在敲哪样？"

她用古怪的眼光挖了我一眼，不吱声，继续敲！听得出喀、喀、喀的声音里添了些对我的怨气。

我紧追不舍："树叶招你惹你了吗？你敲它干哪样？"

她大概也敲累了，停下来不耐烦地冲我说："不用你扫，它当然没招你惹你。你可知我前脚刚扫完它马上又落下来的鬼火？"

我耐心地说："再麻烦也要尊重自然规律呀，该落时它会自己落下的。"

她用脊背对着我嘟哝道："早点落光后面不就省事啦？"

嘿，我还真较上劲儿了，走到她面前说："栽花种树本来就是用来欣赏的，你嫌烦，干吗不去找别的工作，非要来这里摧残树木？你就不怕……"

她像是突然被一支箭射中，怔了一下，然后虚弱地几步走到我面前低声说："大妹子你莫为难我了，我上有八十多的老父母，还在供养一个正要花钱的大学生，就这点样子、这点本事，找个工作多难啊。"

我不语了，陪着地上的那些落叶发出无声的叹息。

她又十分不放心地说，麻烦你千万别告诉环卫站的领导，我本来就一千多块的收入，再被扣扣就撑不起柴米油盐了。

我这人心特软，此时甚至还生出几分内疚来马上打住她的话："那你莫再敲了行不行？"

她马上把竹竿丢在地上,抓起扫把开始清扫一地的金黄,扫了几下回过头来,深深地、无奈地看了我一眼,然后继续扫。

我知道,落叶肯定会疼痛的,但比它疼痛的是我的心。

其实我一直觉得,城市人行道上的落叶原本就是一种自然景观,不必随时清扫的,它比起那些人为制造的废纸、塑料及狗屎之类的垃圾,实在要高贵得多,它是有生命的,是我们与大自然握手最贴心的信使。

贫困是可怕的,但比贫困可怕的是无知无畏与无奈。

乌龙湾的忧伤

没有约定，没有刻意，是初秋的明媚阳光唆使我，一步一步走向你，走向我记忆中微风怡然、水波不兴的温柔乡。

记忆中，身处高原怀抱卧东向西的你，一直是滇池畔最为丰乳肥臀的母亲，始终守候在鱼浦星灯的祥和里，用细密的眼波与对面的睡美人，窃窃叙说着彼此的欢愉，或是惆怅，无论阴晴风雨，无论我来与不来。

今天我又走进你，享受着你吐纳弥漫出来的温存。你身边湿地里的那些野草繁花，渐次放弃了夏季张扬的搂肩搭背，停下你争我夺的恣意纠缠，开始安定下来，进入由青翠走向黄褐、由喧哗转为浅唱的状态，准备承受一岁一枯荣的必然旅程。唯有一朵水红的牵牛花，依着一株老柳满是干裂树皮的枝干，自顾自地展着新颜，生怕辜负了此生短暂的相遇。

在你近旁的池塘边，我遇见一道彩虹，那是一条休眠的船，倒扣在水边，在阳光下首尾贴地练着舒展的瑜伽，同水中自身的倒影把绿草包在囊中，刚好合成一个巨型的汉堡，泛着浓香鲜美的诱惑，这等口福，怕是睡美人的阿哥巡游滇池之时方能享受的啦。

我走进你，脚步沙沙。堤坝上的一排翠竹在阳光的帮助下，把倒影扑进你的怀里。不远处有耐不住寂寞的鱼儿，突然飞出水面，终因翅膀的缺陷又很快坠落原处，掀起层层涟漪，一圈一圈围着中心点的叹息荡漾开，又很快归于平静。树上的鸟雀貌似在讨论一个千古难题，叽叽喳喳难分胜负。可为何，还是没能唤醒你的沉默？你是在沉睡还是忧郁，多日不见，难道你真的把我相忘于江湖？

蓦然，水中一个由微风吹送下形成的图案让我恍然明白：这样无奈的安静，必定源自你被蓝藻肆虐覆盖的水面。是的，五百里滇池的浪漫柔情被七星山的臂弯一揽，就成了风和日丽的乌龙湾，垂柳依依守护、翠竹与鲜花绿草交错扮靓，四季清风拂面，时时柔波低语，原本是天然的修身养性之地，你清冽的容颜怎堪忍受这种浓绿的脂粉、媚俗的覆盖，甚至连水中鱼儿的情话都被窒息，你除了轻叹，只剩默然。我除了无语，只余担忧。

谁能知晓你的疼痛？曾经五百里烟波浩渺的壮阔，难道只在文人骚客的文字中空空咏叹？周边的每一个子民，因爱而来的每一个过客，难道不该是最直接的受益者和保护者？为何口口声声呼唤你为母亲湖，还是有人用各种颜色形状的饮料瓶、塑料袋随意污染你的乳汁？还是有人吃你、喝你却用肆意排放的脏水污物亵渎你的五脏六腑？

乌龙湾，和许多自甘寂寞的小海湾一样，因为来人稀少，那些肮脏的手就会肆无忌惮，我知道你在等待救治。而最应该救赎的，恰恰是那些爱你、恋你，又伤你害你的两足动物。

婆婆妈妈

我的婆婆比我的妈妈整整大了九岁,性格差别也不小。通常是婆婆刚烈,妈妈温婉;婆婆固执,妈妈柔顺。尽管如此,两位都是勤劳善良的好母亲,吃过千辛万苦养大几个儿女,如今年岁大了,还在时时处处牵挂着儿女们的冷暖苦乐,值得尊重与爱戴。

七八年前我带妈妈到张家界旅游,乘缆车上山,天子山仙境般的风景真是人间难寻,令人陶醉。下山到另一个景区需要连续翻越几座陡峭的小山峰,我牵着妈妈的手才走到路口,就有抬着滑竿的脚夫围上来招揽生意,说是坡陡路窄,老人家爬起来太过吃力,坐滑竿享享福吧!可一向依人劝说的妈妈一反常态,我们再怎样动员硬是不愿让人抬着向前走,老人家一边拒绝一边大步向前,扶着栏杆沿台阶开始攀登,决然甩开了三四伙追着找活的脚夫,我也只好配合着追上前去相扶左右。

就这样,我们边走边歇边看远方雾岚中若隐若现的山峰,或是近处松林间各种野花野草。那年妈妈六十六岁,我们硬是用双脚一步一步数完了那么多台阶,听着松涛说着笑着,把最爽的心情和最柔韧的耐受力,融进了最美丽的风景里。几上几下翻过几个山头后,又迎上来一伙脚夫,看着妈妈兴致盎然精神抖擞的状态,脚夫们刚一开口就被我直接挡回去,告诉他们老人家喜欢并且能够自己走,不要浪费口水啦,赶紧让开别挡道。谁知我们已经走过去一二十米,我还是清楚地听见那几个人对着我们的背影果决而义愤地大声说：这人肯定不是她家姑娘而是她家媳妇，所以根本舍不得花钱！

有一次婆婆生病住在本县医院，儿女们工作忙不能随时守在她身边，就请个阿姨照顾她，我一有空就跑到医院去看她，从家中做好清淡合口的饮食送过去，陪她说说话，找医生问问病情，了解康复治疗方案，希望她早点好起来，过身心通泰的日子，我觉得哪怕是坐在她病床边发发呆，也是该尽到的陪伴的心意吧。几天后，同病房的病友渐渐熟悉了，我一进门，他们就会用羡慕的口吻对婆婆说，你家姑娘又来瞧你啦，你家福气真好。婆婆也不说破，只是笑眯眯地和他们说，好呢好呢，我家这些儿子姑娘个个都好呢。说这些话时，婆婆口里像装了一台电吹风，吐出暖暖的热风。

将错就错吧，生活中类似的误解我估计随时都在像菌群一样滋生繁衍，但只会给我们的身心充实更多的免疫能力。

精神家园的守护者

呈贡柳林是滇池东岸的一条绿色长廊，一色的柳树蜿蜿蜒蜒舒枝展叶地连接着这高原明珠湖畔的几个村子，绵延数十里，不失为一个踏青赏春、消夏避暑的好去处。但可能很多呈贡人不知道，同样在这片热土上，另一片"柳林"已开始泛出新绿，渐渐的枝繁叶茂了。这就是"呈贡柳林文学社"，这是文学社的创始人李波老师多年心血浇灌出来的一片绿荫。

李波老师是呈贡城内人，生于1923年7月15日。由于家境贫困，14岁时就到昆明一家文具店作学徒，老板是当时昆明知名文化人士，年少的李波得以接触各类报刊书籍，他渐渐对文学产生了浓厚的兴趣。抗战时期，他毅然考上了范启新领导的云南省教育厅戏剧演出队，从事抗日宣传演出，曾演出过《雷雨》《升官图》等话剧。后来几经辗转，加入陆军第二军政治部戏剧队，从事抗日宣传工作。1949年11月随部队在四川郫县起义，回昆后被招入公路系统文工队，为新中国的云南公路建设事业做出了积极贡献。在文工队里，李波老师既能歌善舞，又是话剧演员，还经常自己创作剧本。诸多原因使他一直孑然一身，他也就选择了以书为伴、以文学为友的淡泊生活。

时光倒回到20世纪的1988年，在呈贡县文化馆召开的一次文学创作会上，来自全县各地的业余作者们共叙一堂，真诚、热切地交流着各自在读书写作上的甘苦与得失，感到情趣相投、时光飞逝，不知不觉几天的会议就已结束。散会后，应李波老师热情相邀，我们七八个人相聚在他位于县城南门街茶馆楼上的小屋，继续着有关的话题，诉不尽相见恨晚，说不完离愁别绪……那时李波老师在呈贡的文学爱好者中已很有成绩，他写的花灯剧本《黄粱恨》、小说《钱包丢失之后》、散文《田汉在昆明》等作品在市里频频获奖，是我们那群二十出头的小青年们的偶像，在大家意犹未尽的叙谈中，李波老师一声倡议，一个以"以文会友、共同提高"为宗旨的自发的民间文学社呱呱坠地了。出于对滇池东岸这片土地的热爱，文学社一开始就以"柳林"命名。

文学社成立以后，李波老师是大家共同推举的社长。没有活动场所，他的住所就成了当然的联络地；没有活动经费，他就从微薄的退休工资中节省出来，为大家购买书籍，订阅《人民文学》《作品与争鸣》《滇池》等文学杂志，同时经常独自承担外出活动的交通、伙食费用；那时通信落后，通知活动大多采取写信、托人转告等方式，实在没法了李老师就步行或乘坐小马车亲自上门通知，真可谓劳心劳神，精诚所至。

"柳林"社员来自各行各业，机关、工厂、学校、农村都有，活动一次十分不易。有时请作家来讲课，有时进行专题讨论，有时到某地参观、访问，总算是一年能活动几次，各有所获，其间一共出过6期刻蜡纸油印的社刊《柳林》，虽然颇为简易，但却为社员们提供了一块交流习作、展示才情的园地，使一棵棵文学小苗逐渐成长。在呈贡工作过二十年的云南省著名儿童文学作家辛勤老师很念旧情，十分钦佩李波老师的一番苦心，曾多次应邀回到呈贡，帮助指导业余作者们不断进步提高；市文联专业作家吴慧泉老师曾在呈贡马金铺白云村驻扎三年体验生活，几次偕夫人重返呈贡帮扶文学新苗。著名作家张长、米思及、李霁雨、陈约红等也曾到呈贡为文学社员们讲过课，给大家带来很多鼓舞和启发。

如果说李老师作为文学社的负责人受到大家尊重是理所当然，那么，将他看作这十五六个社员所组成的家的家长，则更是合乎情理。在他的感召下，因文学社这根红线走到一起的社员们，在时光的流逝中形成的已不仅仅是一般的学友之情，而是如姐妹情、父子意般的深厚融洽。若是想知道其他人的近况，你只要到李老师的小屋，他会给你娓娓道来：杨沛公近来忙着种玫瑰花；"娃娃"语文教学竞赛得了第一名；冬梅亲手嫁接的水蜜桃丰收了；小唐写的小品在昆交会调演中获二等奖……他一直一个人生活，每顿饭基本就是一个馒头、一碟小菜、五钱白酒，简单节俭，然而他常常琢磨着为这个买把雨伞，为那个买个提包，或两瓶老酒，或一包奶糖。仿佛是父亲给儿女购个日用品那般自然，那份拳拳爱心，让人感动得难以言表。他的小屋是文学社的联络站、书籍交换站，也是大家的知识信息和情感中转站。

岁月悠悠，光阴荏苒，二十多年的耕耘和跋涉，一切都在悄悄变化着：当年的热血青年如今已为人父母，当年的文学社员有的执着坚守、有的弃文从政、有的音信无踪，当年被人们奉为高尚追求的文学爱好如今已被边缘化，常被时尚的微博、微信、卡拉OK、综艺会所所淹没，但这些都丝毫不能取代我们对李波老师和他的茶楼上的小屋的犹新记忆，以及对他为"柳林"中的小苗所洒下的爱心和汗水的敬意。在他的精神和物质的全力扶持下，原来的柳林文学社中如今已有6人加入了昆明市作家协会、儿童文学研究会、戏剧家协会等；有多篇作品发表在省市县各级报刊上，并在各种文艺赛事中获得各类奖项；

许多人成为当地文化和爱心的传播者,为和谐社会播撒着精神文明的种子。1997年,在呈贡县有关部门的关心支持下,呈贡县文学作家协会成立了,原"柳林"文学社社员全部集体入会,李老师自然成为大家全票推举的第一届作协主席,继续守护着这些文学爱好者们的精神家园。

李波老师的早期作品在颠沛流离中早已荡然无存。2010年,他将后半生写作的部分作品整理归集,编印成一本《圆梦集》赠予亲朋好友,他的半生心血凝聚而成的文字将一直承载着他正直、善良、勤劳、朴实的美德,留给我们宝贵的精神财富。

2015年9月,一朵祥云送来福音,李波老师经过各级政府申报核查登记确认,得到了中共中央、国务院、中央军委授予的一枚"中国人民抗日战争胜利70周年纪念章",这是专门针对为伟大的中国人民抗日战争做出贡献的当时尚健在的"抗战老兵"的最高荣誉,同时根据相关政策规定,李波老师自此开始享受国家给予的生活补助。

老人家悲喜交集,思绪万千。我们去看他时,他感慨地说:"经历了那么多坎坷,能好好活到今天,看到我们的国家越来越强大,人民生活越来越好,自己也享受到改革开放几十年来的种种福利,此生我知足了。"

2019年4月,李波老师走完了他曲折而漫长的96年风雨人生路,安然离世。

谨以上述文字,简记李波老师一生对文学艺术的钟情,以及对柳林文学社时期文学幼苗们的大爱。

沉默的山茶

我不言,风不语
我遇见雨露徘徊在小草的指尖
被泥土的沉默深度感染
就把满腹心事
装进了花生的行囊

我深信秋天的凝视
会使你的思念我的渴望
还有大地上
一览无余的收获与疼痛
全部　借诗还魂

父亲的筛子

从滇池方向刮来的风，异常的神速、猛烈、固执。有时像电视屏幕上飞奔而去的一头猎豹，听到吼声时早已不见了踪影；有时像怀了深仇大恨，钉住一棵树不依不饶地摇揉，大有不把树干摇得腰肌劳损决不罢休的狠劲儿，让人胆寒；有时呢，又像历经千山万水取得真经回来的高僧，颠过来倒过去嘤嘤嗡嗡地反复吟咏，该是在祈祷来年的五谷丰登、六畜兴旺、七星高照吧。

再过十来天就要过年了，这天中午我正帮着父母打扫家里的卫生，听到这不同寻常的风声，就随口说了一句：毕竟是立春节令了，风刮得就是和以往不一样呢。

当然啦，老天刮的是醒树风，泥土开始松动，树枝开始伸懒腰，春芽准备打苞啦！父亲立马接过话题，语气中饱含着迎接春天的喜感。

说话的时候，父亲顺手抓起阳台上一把篾编的空筛子，在地板上"咹、咹、咹"底朝天掼了几下筛帮，地板瓷砖上顿时有细如碎米的小颗粒落下来。

父亲的阳台对着东南方，十分当阳，除了在一条凳子上摆放着十多盆多肉植物外，最大的阵容就是大大小小的筛子团队了。这些筛子有序地排列在阳台端头的几只大纸箱上，直径大小不一，来历各不相同，篾片的宽窄、洞眼的大小形态各异，但它们有着相同的待遇：不分亲疏远近、颜值和出处都能得到父亲一视同仁的宠爱,且一年中有一半以上的时间肚子是不会被饿着的。黄豆、苞谷、花生、瓜子、核桃、干鱼、虾米、辣椒、芥菜、萝卜丝,父亲总是变戏法一样经常弄些东西来,摊开或排列在筛子里,常常记挂着去翻一翻、搅一搅,用粗糙而修长的手指,亲密接触那些曾经在大自然里饱经风雨的果实、种子或鱼虾,父亲翻搅筛子里的东西时,脸上始终铺满快乐的光泽,肯定是在回味当年,在田地里向庄稼要粮食的种种场景,以及有了收获的满足感幸福感。

爹,有些东西都生虫了要不就扔了吧,有几把筛子太旧了该退休了,反正也吃不了那么多东西,不要太辛苦了。我说的是实情,想为父亲和他的阳台减减负。

不行不行不行,筛子是最好收拾的农具,摞起来就不占地方了。生怕被我从窗子里扔出去似的,父亲一边坚决地表明态度,一边赶紧把大大小小的筛子找出来集中到客厅地上一溜排开,拿来一把细竹枝扎成的刷子,一把一把地认真刷起来,刷了正面刷背面,就连窄窄的筛帮也不放过:父亲用左手将筛子拎起来像汽车轱辘一样立在地上,慢慢转动着,用竹刷的尖尖刷筛帮缝里的灰尘。"唰唰唰"的声音顿时让十来平方米的客厅越发热闹起来,从窗外斜着身子钻进来的阳光里,开始有细小而密集的灰尘飞舞着四处逃窜,我连忙将所有的玻璃窗全部打开,以免那些灰尘飞不出去趁机又钻到桌底下、厨房中赖着不走。

呵,连筛子也能干干净净过年呢。作为家中长女,我自然不会拗着父亲的意思去自作主张的,也就说说而已,看父亲刷筛子的目光很快转换成了欣赏。

那些大包小包的豆子、花生、核桃等干果,经筛子晒干后就放在旁边的纸箱里，有的用来吃，有的存着来年作为种子，稍不注意，虫们就悄悄在里面各显神通筑起爱巢，像挖到富矿一样毫不客气地大肆吃喝拉撒，快速繁衍，等人发现时，基本上大半的果实都变成了虫屎，有些虫甚至都完成了从幼儿到蛹再到蛾的全程蜕变，飞翔的翅膀都训练得完美纯熟，一有机会便会远走高飞。面对此情此景，父亲虽表现出一定程度的惋惜，却并不沮丧，只是将所存的东西一件件翻出来严格检查，有的倒出来重新再晒（常规说法是水分多了才容易生虫），有的直接用水淘干净，切点老火腿皮慢慢炖上几个小时，就是一锅香味醇厚的好菜了，趁此机会叫母亲挨个给儿女打电话：家里煨刀豆了，赶紧回来吃饭。其实我们都知道是老父母想儿孙们了，都会尽力丢开些事情远远近近地赶回来一聚，全家老小乐融融地在一起，吃什么都香，父亲的那些筛子自然是为收藏打理各种吃食立下大功的。

  父亲对家中农具的怜爱，早在三四十年前就引起了我们姐妹的嫉妒了。田地挖完、杂草锄过，锄头、钉耙就可以休养一段时间，父亲就将它们身上的泥土抖干净，然后用稻草再细致地擦一遍，擦得锄头口或钉耙尖都亮亮闪闪的，才肯放到干燥的墙角让它们静静修养。农闲时，父亲就把家里的筛子簸箕竹箩粪箕找出来，用细铁丝修补那些小小的破洞或挣脱出来的篾片，以使它们在以后的日子中用得更趁手更长久些。至于谷箩、扁担、镰刀、斧头等用具，父亲更是呵护有加，该换绳子的换绳子，该塞个销子的塞销子，收拾得妥妥帖帖，用时自然得心应手。可令人无可奈何的事实是，父母一年到头苦死苦活的，所挣到的工分值扣除分给的粮食水果，年年都因超支要倒补生产队百十块钱，日子依然过得艰难、寡淡，老老小小一家六七口人的吃饭穿衣勉强能够对付,要想让菜汤里多漂几个油珠珠,要想赶龙街或走亲戚时能穿上一双好走路的球鞋,要想过年的新衣裳多点色彩或花口,都足够让父母的眉头结上一个冬天的愁疙瘩,冥思苦想加起早贪黑,老天爷赏赐给我们的衣食,仅仅只够活着。

所以父母就加倍拼命地苦,除了吃饭睡觉,虔诚地把时间精力毫无保留地贡献给土地,一刻都舍不得让自己的手脚闲着、水桶干着、筛子簸箕空着。

在生产队时期,父母过日子的吃苦耐劳、精打细算是出了名的。母亲在生产队挣工分,时时刻刻被队干部指挥得没有一丝自由。父亲在县城工作,一下班就跑回家直奔队里分给的自留地。自留地有两百来平方米,一般春季种苞谷、洋芋、豆子,冬季种麦子、油菜,就连地埂边沿也不轻易放过,等雨水落透之后见缝插针地塞进些蚕豆或黄豆的种子,也能收获美味的时鲜青豆。

那些年,父亲成了一年到头抬着筛子簸箕追赶阳光的人。

父亲从田地里收工回家,大衣袋里总会装着些捡拾到的东西,有遗落在田间路旁的谷穗儿、麦穗儿,有秋夜里被风摇落在草棵里的板栗、鸡脚拐枣和山楂果,回家后鲜果类的很快就会被分光吃光,粮食类的需要晒干后储存起来慢慢消耗,一天一点积攒起来,时间长了居然也有一碗半筐的能抵挡一阵饿痨痨的日子,毕竟一窝娃正在成长的小肚皮是永远填不饱的。所以我家的柴垛上、围墙瓦沟上、窗台上就会时常放着各种筛子,晒着少许的粮食或梨干片、洋芋片、南瓜片和用来做酸腌菜的青菜等。为了将筛子里的东西尽快晒干避免变质,父亲需要随时观察或计算太阳光的脚步及偏移的速度,随时端着筛子追着阳光转移阵地,上午还在东边草堆上聚集聊天的筛子们,中午可能就会被挪到围墙上站成一队,下午父亲甚至会动用木梯子,索性将它们请到柿子树上荡会儿秋千,这个时候就需要我们姐妹在下边接应了,可趁机抓点梨干片、干柿子的塞进嘴里,边干活边慢慢咀嚼香甜味道。

后来实行土地承包到户,人们的思想和手脚一下子自主了,盘田种地的激情突然间得到了最大化的释放,智慧也自然而然地被全面开启出来,每一季的春播、夏锄、秋收、冬藏,各家各户一边谋划着自家的责任田里粮食、蔬菜、水果的合理搭配,一边亲帮亲邻帮邻地踩着节令的鼓点,用传统的精耕细作加上农药、化肥等科学种植新方法,全力以赴问土地要温饱,用汗水换收获。短短几年时间,农村生活就变了模样,很多人家的粮食果蔬多得都吃不完了。

我家也不例外,再也没出现过做饭时得用小碗量着固定舀米舀面的日子,再也不会出现生长在果乡想吃个桃、梨还必须等到生产队集中分配才能实现的情况。渐渐地,父亲的筛子簸箕除了收打粮食的季节天天出场外,似乎被冷落了一些时日。只在冬季做咸菜的时候,用来晒豆豉、卤腐、大头菜,或是少许的瓜子、蚕豆、苞谷籽。

如今父母年事已高,已不种田地很多年,搬到城里住上了小区化管理的房子,但他们勤劳、节俭、凡事亲力亲为的品质和习惯一直没有丝毫改变。阳台上那些筛子们呢,中秋节买七甸大饼吃完后收留下来两只,闲时赶龙街遇见爱不释手买回来两只,儿女们四面八方送东西过来放下几只,居然慢慢地就有了现在的规模,成就了父母虽身居闹市却能呼吸乡野、重拾往昔时光的心愿。

所以每年过年,帮父母收拾家是件非常麻烦的事,东西太多,这样那样的都舍不得丢,不知咋办?但是后来,懂得了尊重他们的习惯、选择之后,帮父母收拾家又成了件极为简单的事:基本上是将灰尘除去,把箱箱盒盒的挪个窝,或是合并一下同类项,改变一下堆放陈列的外部形状而已。

那些年年月月陪伴着父母的筛子们,继续蹲在家里的阳台上,晒着宁静的日子,晒着陈年的往事,晒着衣食无忧的满足。

美丽的误读

早在学生时代，不记得在哪本书里读过屈原老师的两句经典"悲莫悲兮生别离，乐莫乐兮新相知"，更无印象与之初遇时是在什么样的语境之中、什么样的心态之下，才会使我的解读仅凭字面及主观臆断，居然不问出处不究深意，理解和表述上直接同作者原意方向相反，最可笑的是，之后几十年里回味和引用起这两句诗，还自以为是地觉得颇有感悟，动不动就搬出来劝导别人。

我一直以来的误读是这样的：再大的悲伤也不必深陷在来来往往的离别之际（因为离别是熙来攘往的常有方式，只要有缘，终会重逢）；再怎么开心快乐也不要忘情于结交了新朋友（因为很可能只是过眼云烟或者一时被假象迷惑）。我直截了当地把"莫"字解读为"不要"，如此简单草率。

细想导致问题的缘由，自然是在一开始先入为主的根基上，随着阅历的增长又生发出许多形态各异的枝叶，展开来说主要有一短一长两句注脚：

一辈子很短，不要过多沉迷于眼前的快乐和伤悲，而忘记了向前的迈步，那样会错过更多好人缘、更多好风景，错过更加丰饶的花朵和果实。

一辈子很长，日子要一天一天地重复，前路要一步一步地行走，所有的遇见都是命运预先的安排，同学、朋友、知己、搭档，从相识相知到渐渐熟悉、一路陪伴，抑或相爱相杀、渐行渐远，甚至遗忘、离开，永不相见，都不是你我能完全掌控的。以为会一直相惜相守的，走着走着就散了；曾经一见倾心炽烈如火的，梦醒后熄灭的灰烬最令人痛彻心扉；有的相遇时只是彬彬有礼，心存栅栏，反倒在后来的频频握手中，心中的涟漪一层层跌宕起伏，直至决堤奔涌，归于融合。因而在漫漫人生旅途中，我们唯一能把握的，便是行走的路线和姿态，待人的诚意与善行，至于在一起能走多远，相互间能给予什么，只管努力不必强求，一切交给上天决定好了，重要的是淡定从容的过程，是心有牵挂、甘心付出的踏实快乐。

既然承认了自己的解读错误，还是有必要简单重复一下两句诗的原意："再悲伤啊莫过于活生生的别离，再快乐啊莫过于新相交的知己"，看呀，人家明明白白的正面表达，被我拐个弯就冲向另一片低回婉转的绿草地，不求甚解害人害己啊，惭愧惭愧。

可话又说回来啦，错归错，我的立足点和出发点一直还是站在向上向善的路线上的，只要没把大家引向邪恶、消极的沼泽地，就请各位宽恕臣妾吧，吾定改过而自新。

或许，这美丽的误读恰恰显现了中国文字的无穷魅力和无限可能。

沉默的山茶

那粉嫩的、孤傲的山茶，开在最深的山箐、最陡的崖边，嚙着天地赐予的朝露，披着清丽的冬日暖阳，静静地沉默着。若不是那娇艳的花瓣实在躲藏不及，被碧绿的叶子百般宠爱地托举出来，你很不容易发现，在这天寒地冻的深山里，竟有这样热情的歌唱。

是的，这是山茶在用最纯真的情怀歌唱，这是山茶在以最优雅的姿态默默地绽放。

另一群像鸟儿一样叽喳不休的歌唱者，是父亲带着他的孩儿们走在打柴的山路上。星期天的清晨微曦初现时，我们已带齐篾箩、扁担、麻绳、砍刀和麦面粑粑，走到了离村四五公里的山脚下准备接受一天的第一个考验：爬"之"字坡。那时我才十二三岁的年纪，弟弟十岁，妹妹才八岁，在父亲的鼓励下我们踌躇满志地要为家里增添点过冬的柴草。"之"字坡在这一带非常有名：一是极陡，站在坡脚仰头看上去，头上的草帽都掉在屁股后面还看不到坡顶的那几棵松树；二是极滑，路上长满了山楂果大、羊屎蛋大的圆形梭脚石，真不明白老天是不是专门将附近的石子都赶到这里来让人们练习"滑坡"。然而附近又没有更近的上山的路，就这一条都还是放牛人、放羊人踩出来的呢，我们别无选择。

来到山脚，父亲将早已准备好的草鞋每人发一双，让我们套在布鞋外面，然后我们在前他断后，像赶着一窝小羊一样开始上坡。父亲说："尽量踩着牛脚迹走，不要怕，如果滚下来有我在后面呢，捡起来用谷箩挑到城里可以卖个好价钱！"说完便朗声大笑，惊得树上的小鸟像炸爆米花一样"轰"的一声飞出老远。虽说我们一会儿就气喘如牛汗如雨下，用衣袖顺手一抹额头，还得继续下巴顶着膝盖地攀爬，虽说妹妹几次拽着我差点滚进旁边的山沟，都被友好的树枝摇摇晃晃地拉住了。一顿饭的工夫过后，我们总算是用实际行动破坏了父亲卖个好价钱的"阴谋"，小狗一样偎着他坐在坡顶的大松树下歇息，看蓝蓝的天上几朵笑眯眯的白云，看我们前方远处隐隐约约的村庄。我一歪脑袋，见父亲咧开嘴巴露出一口雪白整齐的大板牙，望着远方依稀可见的村庄开心地笑着，他肯定是在猜想妈妈今天会做出一顿什么样的午饭，是小瓜煮洋芋呢还是猪皮炖红豆？最好再炸一碗香香脆脆的"蚂蚱辣"，让这些正在"吃长饭"的"小狗狗"一碗接一碗吃得哗哗啦啦满头大汗……我小小的心灵第一次体会到"不经过风雨，哪里见彩虹"的初浅味道。

　　接下来找柴的过程对于我们经常在田间地头跑来跳去的娃娃来说就显得轻松又有趣了，父亲用柴刀将树林里枯死的干树枝砍落到地上，我们姐妹几个只管捡起来理整齐，等着父亲给我们捆好、绑上扁担，妹妹太小，就只要求她扛一根可以顶门的干树枝回去。其间呢，一会儿有两只小松鼠在林间跳来跳去和我们捉迷藏，一会儿又见几只胆小的兔子影子一般消失在树林深处，不时有张狂的野鸡"嘎啦啦啦"大叫着冲向另一片林子，好像是为了向我们展演它大红大绿的鲜艳羽毛。柴找好后，父亲领我们到一条小溪旁，啃完带来的麦面粑粑，喝够冰凉的山泉水，就准备下山了。

绕过一条窄窄的小路,父亲突然停住脚步说:"要过年了,还有供桌上的山茶花没准备呢。"说完就帮我们把柴担子藏在一片密密的树林里,手一挥,像电影里的侦察队长一样带着我们走进另一条山沟,我们便见到了开头说的那一片令人欢呼雀跃的美丽的山茶花:她们一簇一簇静静地开在山箐里,用如火如霞的笑脸欢迎我们的到来,让我们感受到了春天般的温暖和曼妙。父亲将刚探出粉红小脸的花朵小心翼翼地折下,一枝一枝地递给我们,他的脸上始终被一种沉醉、甜蜜的神情包裹着,仿佛见到了传说中的花仙子,饱含了抑制不住的幸福光芒,让我们姐妹几个在宁静的深山里一同分享了大自然给予人类的芬芳和喜悦。

回家的脚步因了每人柴担子上迎风招展的山茶花而显得特别的轻快。每年过年,我家的家堂供桌上也因有了山茶花的装点渲染而显得更加的温馨祥和。日子,就这样在季节的流转中、在山茶花的映照下一年年翻过。

在几十年的时光流逝中,父亲的人生态度可谓豁达而细腻,淡薄而深远。每当我们为别人有一栋价值不菲的房子而嫉妒而狂躁时,父亲就用"大厦千间,一眠八尺"的浅显道理来慢慢梳理我们已经打结的欲望;每当我们因人际关系的复杂而沮丧不堪时,父亲就将"种瓜得瓜、种豆得豆"的千古经典重新化开,让我们慢慢消解内心里那蠢蠢欲动的暗疮。现在的父亲已经退休,本可以向许多老人一样打打牌、遛遛鸟,过点优哉游哉的日子,但他选择的是侍弄庄稼。他硬是钻头觅缝地在所住小区的后面小河边刨出一小块一小块的地,种上南瓜、洋芋、雪莲果、韭菜、辣椒、莲花白,让每一个晨昏都有所付出和牵挂,让每一个季节都有所收获,让每一个儿女和邻居都能随时分享他的劳动成果和喜悦。很多时候,在饭桌上的父亲都还在说着他的新品种南瓜"前天才有小碗大，今天已经有足球那么大了！"高兴了还不时放下碗筷用手比画着，让温馨的饭桌同时充满了田野的气息。我想，走在菜地里的父亲，瞅着庄稼一天天发芽、长叶、开花、结果，肯定像看着自己的孩子茁壮成长一样的充满喜悦，一样的充满成就感。这样的日子，谁说不是美好香甜的呢？

前几年回老家过年，父亲得知一个残酷的消息：由于昆明呈贡新城建设的需要，我们的村庄即将不复存在，搬迁的事实在不久的时日内会像小站上的那列火车，由远及近地慢慢停在你的面前，将你载向另一个远方。这对于那么的热爱土地、热爱村庄、热爱庄稼、热爱山茶花的父亲来说，无疑是一种难以言说的痛啊！

农民的儿子怎么能够没有村庄呢？父亲沉默了。

那个春节回老家过年，父亲是在得知我们村前、村后的土地都分别建起了两所大学的几栋高楼时，趁我们忙着聊天、打牌、嗑瓜子的时候，随手抓一顶草帽戴上悄悄走出家门的。这一切自然被我这个当大女儿的用心捕捉到，于是他身旁就多了我这个跟班。

父亲不说话，静静地顺着村里的小路往村外走去。我们的村庄就像嵌在大地上的一个硕大的向日葵，各个方向每一条通向村外的小路就是一根根大地的纤脉，流淌着人们祖祖辈辈种瓜得瓜的朴素的生活哲学，流淌着人们世世代代五谷丰登、呈祥贡瑞的梦想和期望。这条两边长满蒲公英的牛车路，是父亲小时候骑在牛的背上肩上，还站着一只花喜鹊，走向稻田的粉红色的记忆；那片枝繁叶茂的桃林，是饥饿年代里父亲常去挖半夏、捡麦穗、摘毛桃的淡淡苦涩；低洼的蚕豆田间的排水沟里，父亲曾用一把磨得噌亮的大板锄，一锄又一锄地将乌黑发亮的稀泥挖起来摊开在两边的田埂上，我和弟弟跟在旁边，等着稀泥里的小泥鳅自己哼哼唧唧地钻出来，就轻而易举地将它们逮住，随手装进准备好的铁桶里，一天辛苦下来，我家的院子里就会有浓浓的黄焖泥鳅的香味喷薄而出，随阵阵炊烟飘满整个村庄的上空；那座小石桥呢？那是当年父亲不忍看着庄稼人担着沉重的担子颤颤巍巍地跳沟，而特意从石头山脚运来一块请人打磨平整的石头搭建起来的小石桥，如今怎么会踪影全无了？

我小心谨慎地引着父亲说话，生怕哪里说走火了对他有所刺痛，却不想，父亲比我意料的还能够面对，悬着的心也就渐渐豁然。父亲说，他在回首往日记忆时虽说有几分淡淡的感伤和不舍，却不得不赞叹现代化建设给人们带来的生产和生活上的诸多便利：不用扁担、木桶就自动喷涌而出的自来水；平整宽阔、有浓浓绿荫庇护着的水泥路面；一扭开关就可以点火做饭的液化气灶；一按遥控就会唱歌、打仗的数字电视……生活怎么可能不变呢，日子分明是越变越好了呢。他对我说，生活就像当年上山必经的那座"之字坡"，虽然曲折，虽然艰辛，一旦你征服了它、翻越了它，它一定会用最美丽的风景、最宜人的花香鸟语、清风明月来奖赏你、善待你的。

是的，时代的变迁、历史的必然，将人们推向另一种生活的轨道上。扯不断的是深深的怀念，搬不走的是切切的记忆。只要热爱庄稼，到处都能找到适于播种的土地，只要小康和谐社会的目标离我们越来越近，哪里没有灿烂的艳阳天，哪里没有花开四季的美好祥和呢？

慢慢地悟透之后，父亲脸上又常常挂满了平静的笑容，像开在冬日深山里沉默的山茶花，依然灿烂如初。

回望羊群

离开空寂无边的大草原已经半年有余,我还是会在意念之中不断地回望。

这种回望的感觉很复杂,又来去匆匆,我刚想与它耳鬓厮磨诉说个一二,转眼之间它却像个顽皮的孩童,挣脱我的思绪溜得毫无形迹。对于我一直以来心心念念的羊群,是怀念?是怜惜?是释然?是羡慕?我始终没有一个相对明晰的色调,因而这些文字的指向一直像墙头的荒草,摇摆不定又缺乏营养来源,显得六神无主。

去年的暮春时节,在天蓝水碧的青海湖边,我轻快地迈着小碎步,慢慢靠近正在低头吃草的乳白色的一群羊。这是我第一次走近几百只羊组成的庞大群体,内心的激动难以言喻。我小心翼翼地走近,只想轻轻抚摸一下它们厚实温柔的皮毛,与它们合个影留个念,哪怕一只也行。看起来安静的羊群,原本挨挨挤挤地相跟着低头吃草,几乎是后面一只的头顶着前面一只的屁股,全都是一个姿势,一个方向,没有惊慌,没有一只抬头看我一眼。可当我走到离它们只有两三米远的距离时,它们以我靠近的同等速度,自然地朝两边分开,只给我留下空空的一条小道,那时青藏高原的春天才刚刚酝酿着花芽苞,地上只有贴着地皮的枯黄的一茬草根,传说中的风吹草低和油菜花都还未见半点踪迹。

我自然不怪这些羊们,谁叫我这么多年,对它们族群的亲近只停留在歌舞、图片和文字里，只在想象的美景中和浓香的餐桌上，才把它们视为广袤大地上的亲密伙伴。我只是惊异于，是什么样的一种神秘力量，让它们如此知足、温顺、执着、隐忍，日复一日年复一年，又是什么样的一只隐形的手，指挥着这样庞大的队伍井然有序地出发、回归、聚集、撤离？如此这般，是我初初踏入草原时的发现与感叹。

在之后的几天里，我们的车子像一叶小舟，在宽阔的高山草海中四处游荡，除了天地的苍茫浩荡、除了天宇下时时袭来的凛冽寒风，我的目光所及之处，能让我振作起来的还是羊群和羊群。哪怕登上位于祁连境内美丽绝伦的卓尔山，我都没有忘记用双眼到沟壑间、斜坡上去搜寻大大小小的羊群，仿佛去赴一场早就达成的约定，见到了才不虚此行。无论在哪里相遇，无论我从哪个角度望过去，羊群留给大地的永远只是亲吻，默默的无声无息的亲吻，安静的一寸一寸往前挪动着的亲吻。除了疲惫晚归赶路的时候，它们留给天空留给其他物种的，永远只是背影，无欲无求无遮无拦的背影。或许，这就是羊的本能，也就是羊的宿命。

人其实是一种最多情又最无情的动物，是所有爱恨情仇的统一体。此时我想起早些年读过的一篇小说里的一个细节描写：一个牧羊人和他的羊群相依为命、情同手足，每当有客人到来需要羊肉招待时，牧羊人就会深入到羊群之中，摸摸这只的头，按按那只的背，像在举行一个仪式一样艰难地选择牺牲的羊，而羊群中没有谁会逃走或慌乱、躲闪，因为这样的情景已成常态。然后，牧羊人会牵着被选中的羊的一只角慢慢走出羊群，来到毡房前先用一盆水给羊洗澡，羊已然明白随后将要发生的事，但表现出的是心甘情愿的淡定和配合，直到牧羊人用左手搂着羊的头，右手将一把细长雪亮的尖刀插入羊的脖颈，羊仍然是温顺地站立着，除了疼痛令它稍稍战栗，它没有挣扎，更没有逃跑，直至殷红的血流尽，染红一片草地，才软软地躺下，最后一次亲吻大地……我当时读得惊心动魄、毛酥骨痒，后来每想起一次心率就会加快一回。

浮光掠影般地从草原上回到生养自己的红土地后，不时翻着相册，向亲友介绍草原风光，问他们照片中一群一群的羊，远远看去像什么，有答"像珍珠"，有答"像棉球"，有答"像白白胖胖的黄豆虫"，终究都围绕着为我所用的直觉来想象的，很是轻松愉快。但有时，我会将一个有点偏执的感觉扔给他们：对于一直只知道低头吃草的羊来说，越努力，越不幸，难道不是吗？

我知道，我对羊群的回望不会终结，喜爱羊群又常吃羊肉的情愫仍在不分轻重地并列或交织着，我真的缺少一个牧羊人的切换能力。

开启狐说模式

近日心情大好,终于卸下了一火车一火车的工作负担,开始真正做自己喜欢的事、过自己想要的日子。

有一同道中人,在 KTV 几次与我合作唱过陈瑞的《白狐》之后,说是被我声音里的似水柔情所感染,认定我就是那只修行千年的狐。

虽是酒话,于我却很受用。在我有限的认知里,古人将白狐定位成智慧、灵动、缘分、祥瑞的代言,用尽各种神话、传说、仪式,来承载它既善良多情、又能感恩报德的禀赋,将人类的许多美好品德、愿望附其一身。若说有人恨它、损它,将它视为败类、天敌,大多因为自己本身的天赋和际遇与它相去甚远,或是某些个人情感受挫迁怒于它吧(恕我狐言)。

感谢赐我此名的这位老哥,我欣然笑纳。泱泱天地,朗朗乾坤,趁着还年富力强,趁着梦想尚在路上,我为何不借狐的灵气来放飞自己想象的翅膀,来不断充实自己的内心?我为何不借狐的多情善良,来时时滋润自己鲜活的灵魂?我为何不借狐的专注和韧性,来不断敦促自己修行的脚步?我为何不借狐的美丽轻盈,来随时修饰自己举手投足的尺度和眉目传情的温度呢?说不准,千年以后,还真能修得飞身成仙呢。

山川永在,我心常青,我珍惜所有美好的遇见,我相信只要努力付出就会有回报的因果轮回,想用自己笨拙的文字将心情随时呈现,将爱与责任随时扛起,将世事好好收藏,不负此生。

如果哪一天,你看见我在人群中轻盈地穿过,或是在深夜里深情地低语,抑或在山水间自在地徜徉,那就是我以一个饱满灵动的生命,在认真地爱着这个世界,认真地修行。

从此,开启幸福的狐说模式。

两个链齿

  深秋的枝头，不一定都挂满累累硕果。有时，也常常结出些令人沮丧的郁闷。

  国庆收假第一天，我带着母亲到省城一家大医院看眼睛，原以为早就在网上挂到了专家号，按时到达整个过程就会顺理成章。到那里一看，直接傻了：用人山人海来形容医院里的每一个角落一点儿也不过分，比之媒体上爆出的假期各个旅游景区接踵摩肩的场景所不同的是，在医院里奔来忙去的人们基本都是同一类表情，焦虑、不安、无奈、木讷、哀伤，一个个看起来比外面下着雨的天空还要阴郁。也难怪，医院本来就是各种病痛的集散地，好好的谁会来这里散步、排队、听广播呢？也就只好抖擞出十二分的精神开始辗转于各种长龙似的队伍。

  排队是种体力活，特别是在医院。找个座位安顿好母亲，孙子一样恭谦地一遍一遍咨询所到之处的检查流程，就开始了从取号、到检查、到交费、到拿报告、到上洗手间，等等，排队的漫漫征程，第一轮几项检查下来，时间就溜走了两三个小时，等找到医生看了检查结果，按要求转到另一个科室进入下一个环节检查时，已到上午下班时间，随遇而安吧，找食去。

  下午看病的人有增无减，各种排队所消耗掉的时间和精力更胜一筹，许多从边远地方来的人就更加苦不堪言，很多人只是请了一天的假，迫于上班、差旅劳顿、需要支出的银子数量远超预算等压力，再度延期继续折腾将会带来一系列的连锁麻烦，因而大多在唉声叹气中开始躁动。或许是同病相怜的人们负面情绪更容易传染，我这颗日常以为比较沉稳的小心脏也像只土拨鼠一样，在胸腔里上蹿下跳，仿佛一定要跑到原野上呼吸新鲜空气，才对得起大半天来的忍耐和安分。

然后，就在一个交费窗口，当我准备打开随身背着的包去取钱夹时，包的拉链居然恶作剧般地将里面的一块围巾边脚裹了进去，死死纠缠、咬合在一起，就是不肯继续滑动，好像我要支付的钱的主人是属于它小小拉链一样的执着。

一秒，两秒，我本想耐住性子哄哄亲爱的可恶的拉链赶紧放手别闹了，可是排在后面的人们和收费窗里的人一点也不友好，马上开始嗡嗡地酝酿多声部合唱的前奏。想来自己一直要坚持做有素质的公民，却又不甘放弃好容易排到的机会，鬼火一绿，你不仁我不义，拼了，我抓紧拉链的拉环狠命的一扯，呲的一声，香消链损，包里五脏皆露，我以一个胜利者的畅快抓出钱夹付完费用，要不是还有些雨伞呀、病历资料呀、手纸呀无处安身，真想一不做二不休直接将包也愤然抛弃，谁叫它关键时候给我设置阴险屏障，活该当出气包。

还应该坦白清楚的是，好容易坚持到下午下班前才拿到最后一个检查结果，按要求送到住院部去排队手术治疗，得到的回答是：需要等待一到两个月时间才能安排，只好闷闷地准备归巢。一出医院，大雨倾盆，母亲怕我挨冻，硬是把她备着的一件衣服要我穿上，我却坚决不从，并用一句熟语来抵挡说，有一种冷是妈妈以为我冷，我真的不需要加衣服。惹得母亲半天没说话。

回家的路上，我的包始终张着大嘴在无声的抗议，我还得用手抚摸着安慰着，它才不至于将我的其他东西吐出去。疲惫的我安静下来细细一看,被我废了武功的拉链正中活生生被扯掉了两个链齿,像一排门牙掉了两颗,气冲冲恶狠狠地对着我露出丑陋的警告。

想起当时,对我一向敬重并温柔以待的母亲的生硬态度,对我精挑细选才拎回家的包的摧残,除了能说明自身的修为功力太浅,处理问题的方法简单粗暴,还能找到其他借口吗?

以上文字为后悔药,以铭记。

卡点记事

第一次举起"枪",心里绝对是忐忑的,更何况还是对着一个主动伸过来的脑袋。这个脑袋冒着热气,充满期待,用信任支撑着稳稳地立在我眼前,距离不超过一米,着实让我举"枪"的手有点颤抖。我屏住呼吸,瞄准目标,尝试着在周遭已毛发挂霜的额头上,估计好距"枪口"一厘米左右的位置,扣动了按钮,轻快的"滴"声后,一行绿色的数字显示在电子额温枪的小屏幕上。"36度3,体温正常。"我温和地告知说,语气带动举"枪"的手腕,终于"破了胆"松缓下来。

担着所在支部党员先锋队员的使命,来支援一个有八百多住户的小区在门口设置卡点(特殊时期只留一个出入口),动员所有进出的人微信扫码登记、体温测量,对外来或返程人员的来龙去脉查询登记,确实是一种看似简单却责任重大的活儿。于我个人来说,在前期高度紧张的新型冠状病毒肺炎疫情防控中,测量体温这件事,我只是配合着主动把额头"交出去",而现在我已担当守护和服务者的角色,这还是需要重新学习和适应的。

好在不是什么多难的技术活,关键是要守得住、受得住。前一点不难做到,"受得住"就要考验个人的热心、细心和耐心了。

除了上下班高峰期,时常进出采购、溜达的多是赋闲在家的中老年人,几天后渐渐习惯了这种管理要求,出门、进门都会主动对我们笑笑或是用眼神闪个招呼。

"麻烦过来扫一下二维码，确认记录你的行踪。""为了健康，过来为你测个体温。"我们主动吆喝，像推销特色美食的小贩一样热情，一句话重复一千遍都不厌倦，为的是让人们形成配合的良好习惯。于是就有一个接一个的手机现场打开，滴哩嘟噜扫完后快步离去，也有不会操弄的老人，半天指挥不动手机光标的跳转，工作组自然有人主动接过手机帮忙，还有年岁更大点的老人直接说"不会玩微信，扫不了"，也只能安抚他们不要走远注意安全之类的，但是回来进入小区的时候，额头上那一"枪"是免不了的，这不用我们多解释，自有热心大妈会总结说"这是为所有人好，我们不怕麻烦"。有时进出的人多难免有疏漏，就会有人主动伸过脑袋来说"给我来一枪，我才放心回家"。

那天傍晚下班高峰时间，原本已经十分密集的回家车辆中，有一辆从外省返回的业主的车，拉了满满一车家人，按规定要进行各种登记、问询、承诺等事项后再作分类处理。我们果断地要求这辆车子挪到不阻碍车流正常行驶的地方，内部迅速调整分工，我就负责"紧握手中枪"，对进入小区的所有车上的人员逐一测量体温。

回头一看：老天爷！前后不过五六分钟，车子排起的长队已经让我看不到尾巴，再有耽搁，马上就要排到不远处的主干道上阻碍交通啦。

我赶紧小跑着，却还是微笑着，并且是坚定沉着地开始了快速行动，去应对一个一个早已有些沉不住气的脑袋。这些脑袋中，有傲慢者始终一言不发目不斜视盯住前方，一测完就一脚油门扬长而去；有谦和者嘴角微翘主动用手撸起额前的头发，测完后还会丢下一句"谢谢"缓缓离开；有热情者将所有乘客集中挪到一边，免得我跑来跑去费时费力；有冷漠者始终沉浸在车内的音响中面无表情，仿佛他们只是来观看地球人与病毒斗争大片的外星人；也有好事者抓住机会表达心中的不快："你们是哪个单位的？这要折腾到什么时候？"我只好停下口中主动报体温数据的话语，淡定却不容置疑的答复："疫情尚未结束，不接到上级撤除的通知，我们就得坚守！请多多理解。"再多瞟一眼我看清楚了，话中带刺的这个人长着一颗肥硕的脑袋，一仰头后脖颈的肉直接堆成了一垄一垄的埂子，宽敞发亮的额头像撒哈拉沙漠一样，一根草都不见踪迹，但，还是乖乖地伸了过来。

都说灾难面前最见真实的人心，这也算一个验证场所吧。

但我此时的关注点是认真快速地用好手中"枪"、做好分内事。我就像一个勇敢的战士，指挥这些车主们尽快通过检测安全撤离；我又像一个充满激情的舞者，围绕着一辆辆车不断穿梭往来，奔前跑后，用测温枪显示的绿色放心数据去问候每一个回家的人，偶尔也会用带有警示意向的数据，提醒小部分人注意复查不能掉以轻心；我同时又是一个温暖的宣传队员，告诉从这里经过的每一个人要守好自己及家人的健康安全防线，百年大计，好好活着是为上计。

近半个小时的奔忙，已是小汗淋漓。

终于松口气正准备喝点水，一个左手提着蔬菜右手拎着牛奶的老年男子，从进口处折返身来到我面前，伸过满是褐色条纹褶子的脑袋说："我怕刚才测的不准，麻烦你给我再补一枪。"

旁边，仍有等待回家的又一支队伍，我欣然继续举枪，尽责。

口罩变奏曲

近日,在全国人民万众一心防控新型冠状病毒肺炎疫情中,有很多热词令人目不暇接。作为防控工具的排头兵和关键词,在我和我的战友们履职尽责的战场上,"口罩"从嘴里蹦出的频率,应该是稳居榜首。

下面我就这个关键词作几个小花絮分享。

要口罩还是口红?

疫情就是命令,防控就是责任。大年初一接到单位工作群取消休假的通知,我第一时间做好了战斗准备。

次日凌晨,昏黄的路灯尚在黎明前的黑暗中努力亮着,闹钟一响,起床、梳洗,时间尚来得及,作为女人该有的护肤程序还是要走完的,毕竟是热爱生活的常规功课,最后一个动作:抓过口红打开盖子,但,手就在这一秒中犹豫起来,还有什么必要吗?无论于工作、于自身,口罩这一出门必须做好防护措施将会遮住你绝大部分的脸,不可离不能弃,而抹了口红浪费不说,还会污染口罩,于是毅然扣上盖子:亲爱的,你安静地待在家里,战场上不需要口红!不出门也是为国家做贡献啊。

披挂整齐出门,一天的第一波晨曦把路灯的微光挤得更加朦胧。我知道,我们市场监管战线的战友们正从四面八方聚集赶来,无论驾车、跑步还是走路,会很快形成一大支队伍按照统一的指挥奔赴前线。

到达集合地,确实有点小震撼——一色的整齐制服、严严实实的口罩防护，形成了一股威仪刚强的力量，同时也有点小遗憾——因了口罩的遮挡，谁找谁基本上都要经过眼睛和眼睛的努力对焦才能实现，且要在彼此相对熟悉的前提下，才能寻到你所要找的心灵窗户。于是调侃道：眼睛和眼睛的对视会引起什么样的感染呢？

悄悄一交流，才知道几个爱美的女同胞，全都收起了口红，用一张素颜在口罩的庇护下，去对接疫情状态下忙碌的一天。

口罩"被风吹跑啦"？

大年初四这天，在我们防控疫情的主战场县城农贸市场，我们督促市场方放起高音喇叭，反反复复宣传政府关于疫情防控的通告，同时一起劝导进场交易的人员戴上口罩方可进场。

一骑电动车男子没戴口罩冲到门前，听了我们的劝说难为情地笑一笑，调转车头找口罩去了。

两个妇女没戴口罩兴冲冲想进去买菜，被我们拦住进行劝导，她们只好互相打趣说："回家炒鸡蛋饭吧，明天戴上口罩才能吃上蔬菜。"

一个六七十岁的老大爷却没那么通情达理，强调说："不是我不戴口罩，是买不到口罩啦。"我们说："为了您，以及所有人的安全，防止交叉感染，请您回去想办法！""那你们既然要求这样做，为什么不在这里摆摊卖口罩？"我们答："我们的职责是监管和宣传，不负责卖口罩。"

最闹心的是在熙熙攘攘的蔬菜交易区一角，一个附近村子的老人，面前摆着据说是自家地里拔来的菜：一堆小白菜、几捆小菠菜、两小把芥蓝菜，他蹲在那里不吆喝也不张望，像一个安静的垂钓者一样等着买主的到来。发现他没戴口罩，我们的工作人员过去询问他，他始终冷静回答说口罩"被风吹跑了",我们耐心地劝他赶紧离开市场回家去,农贸市场的热闹场所一旦有人携带病毒,您被传染的风险太大啦。他依然不管不顾,静静地蹲着。

除了劝导还是劝导,我们同事互相交流提醒,无论谁,只要从那里过,过一次劝他一次,一直坚持下去。

还在过年期间,整个农贸市场内活动的人数可能还不到平日的三分之一,据我观察,卖菜的绝大部分是中老年人,大都衣着随便,防护简单,心中不免感叹:为了生计,许多人其实也算是在逆行啊,若不幸因此而感染上病毒,就是雪上加霜了。

幸而,半个多小时后我们发现,那个蹲在地上卖菜的老人不见了,但愿他回家去了,但愿他安康。

哪里能买到口罩?

在一个乡村的小农贸市场里,我们进去检查时只有边上两三家商店开着门,几个小摊上有四五个人在卖蔬菜,显得冷冷清清。

我们按工作要求转了一圈准备撤离时,意外发现在另一个出口旁有几个老年男子,扎堆在一张石桌旁打扑克,谁都没有戴口罩,于是赶紧过去劝导。

结果,甲说:"戴口罩太麻烦啦,喘气闷燥。"

乙说:"老都老啦,八十多啦,还怕什么病毒。"

丙说:"我天天抽烟喝酒,烟酒能杀毒,不用戴。"

……

我们竭尽所能、苦口婆心、循循善诱,最后他们没有退路了就异口同声抛出"杀手锏":到哪里能买到口罩呢?

这番劝导工作引来了好几个人围观,其中一位买菜妇女搭话说:"那边化妆品店里就能买到口罩。"

还是群众的力量大啊，这几日困扰我们的问题一直无法解答，再加上这非常时期口罩的来路、质量和价格也是我们检查的重点，赶紧请这位妇女带路直奔化妆品店。

店很小，店主刚刚从货柜底层翻出几小盒普通一次性防护口罩摆开。我们查看了包装标识，没发现违规内容，询问售价，正在争抢口罩的一个顾客回答说"一元一个"。

在到处口罩严重缺货的情况下，这也算是良心价了。且店主还善于调剂，在我们的注目下，将几盒口罩平分给在场的七八个人，末了还不忘问问我们：你们几位需要买几个家里用吗？

我们一同果断地摇头。此时此刻，或许每家每户都需要备点防护品，可我们能和老百姓去抢吗？

这时我们同时接到工作群里的信息：为了保护基层一线坚守岗位的同志们的安全，单位想尽办法又采购到一批口罩，次日可领取，但每人只有一个，请大家省着点用。

我们口罩之上的眼里，顿时溢满了温暖和感动。

为我挡酒的兄弟

初涉江湖之时就遇见了酒,几番浅尝之后,领教了酒的热情奔放、酒的醇香回味、酒的苦涩难懂、酒的霸道不羁,那种让人又爱又恨的感觉有时真是一言难尽。

感谢老天赐予我好人缘!让我行走在大地上认识了很多朋友,彼此心灵相通、真诚以待。感谢悠悠岁月中的各种遇见,让我用酒杯收集了许多生活的露珠,滋润四季的心田。

那一年,几个多年不见的同学到我所在的小城参加业务培训,借此机会相约在一餐馆欢聚。酒菜上齐,作为地主的我自然是要先表达盛情,将每个人面前的小酒杯满上,然后举杯,自己先干为敬,其余同学随意。第二杯,大家提出自由发挥,我们开始进入了叙旧模式,自在交流。这时,紧挨着我坐的同学在与我互相问好之后一口饮下一杯,令我有点吃惊,在我对他的认知里他以前是不喝酒的,连忙要他意思点就行了,以免过量伤身。他反倒笑着说,没事,久别重逢实在高兴,人在世上总是要为值得的情谊好好表达的,虽然酒只是其中一种方式。随着热闹气氛慢慢升温,进入了酒少话多的良好局面。但我发现,每一次喝完我的酒杯都重新斟满酒,等畅所欲言一番再次端杯时,酒杯却会浅下一大截,或是只有半杯。我心存疑惑,悄悄留意,原来是身边的这位兄弟把我杯里的酒偷偷挪移到他自己的杯里,却从不露声色,依旧谈笑风生。实际上我更担心他喝醉,赶紧悄声制止,他只是笑笑,脸庞的色彩已经向关公逐渐靠拢了。等他伺机再度动手时,我果断出手制止,"抢酒喝"的动作大了点就被其他同学发现,开始了天花乱坠地调侃和毫不留情地攻击,瞬间天下大乱。谁知他反咬一口,偏说是我仗着自己是地主,就抢他杯子里的酒喝,他只是认为自己应有锻炼、进步的姿态,要拿回他一亩三分地里的苞谷高粱口服液……一场混仗,我自然是有口难辩,他反倒连奖代罚频频仰头又拿下几杯。大家说得也对,酒桌上的纠纷大概只有用酒才能了断。末了这位兄弟面红耳赤地开始发表喝酒感言:喝酒的最高境界就是释放真性情,即使醉了躺倒,也不过是同大地保持平行,倒也感受了死去活来的大快乐!那天,平时不怎么沾酒的兄弟成了同学聚会的焦点,也让我更加明晰地认可了他的真诚善意,生怕有所闪失,后来我又是蜂蜜水、又是橘子、苹果的好生照料着,也该让他感受到"星星知我心"的温暖情愫。

后来忆起那时场景,我自己总结为:有一种幸福叫作有人偷喝你的酒。酒是人间佳酿,但并非人人都能享用,更不可以过度纵饮,因酒而导致的各类悲剧多了去了。也正因如此,在很多场合冒着伤身、失态、出丑、误事等危险不顾后果的喝酒,往往就被赋予了"勇敢、担当、诚意"等具体意义,甚至有人用"酒品看人品"来做深度剖析,通过一个人喝酒时的言谈举止来判断他的为人和性情,其实也不是完全没有道理。

还有一种幸福需要分享,她的名字叫"扑一下"。

也是好几年前的事啦,一群朋友相约美丽绝伦的抚仙湖畔,安住下来。晚餐喝得不亦乐乎,自然就去"找些歌唱唱"。在灯红酒绿的KTV,大家无话不谈、亦歌亦舞,让快乐恣意债张。一兄弟提出请我跳舞,我欣然相随进入舞池。惯常的状态,在优雅抒情的歌声里，在光影阑珊的迷离中，我们踏着快乐的节拍款款进退自如，这位帅帅的小弟不知哪来的灵感，唇齿间的赞美词泉水一般汩汩流出，夸我这个姐姐热情、智慧、善解人意、歌声动人，等等。幸而当时我酒喝得不是很多，不至于开心到当场晕倒，但还是仙乐飘飘地发出了一道粉红色的禁令："赶紧打住啊，姐姐最听不得说的比唱的好听的话啦，当心我一激动不顾一切地扑过来啊！"还真是聊天遇到对手了，他突然放开我的手，大大方方铿锵有力地张开双臂说道："欢迎欢迎，姐姐扑兄弟，天经地义！"结果可想而知，因这句话而引发的现场的笑闹声，差点把所有音响设备都给震碎了。那个"扑"字，后来被我们圈子活学活用到无限可能的领域，比如说，哪天哪天要聚了，就会说："今天在洛龙湖边扑一下，八个人谁都不能少。"再比如，邀请碰杯就会说："来，我们俩扑一下！"喝太少了就会被评说："扑得太随意啦，灰都没溅起一粒！"谁喝得豪爽就被表扬为："扑得威武大气，掀起豪情万丈！"总之在场的人既是导演，又是演员，还兼任观众及评委，身份随时转换，才华随意发挥，灵感来去自如，常常在散席时也不忘来个大团圆："大家一起扑一下，扑完作鸟兽散！"就是这样充满默契、快乐、温暖的"扑一下"，大家乐此不疲，这可能就是酒的魅力所在吧。后来很多次喝酒，那个帅帅的兄弟每次都会主动坐在我身边，明确说，姐姐是我们的组织部长，担负着关心、召集大家各类活动的重任，我们对姐姐要尽可能扑轻一点，让姐姐随时保持清醒和活力，快乐无忧。

其实，经历的酒事多了，我发现常规情况下很多人喝高，最最根本的原因都是在自己身上。因了那句俗话说"你敬我一尺，我敬你一丈；你敬我一丈，我就把你顶在头上。"这样一来酒就成为表情达意忠贞不贰的信使,一举杯就有了浓浓的仪式感,喝着喝着就会互相把对方举到云里雾里去了。又比如我等喜欢用文字添趣的赤脚小文人,常常抬出那杆"士为知己者干,女为己悦者容"的大旗,通过喝酒的过程把自己的立场、喜怒、愿望,以及诗与远方酣畅淋漓地抛出来一起分享,也算得一桩快意江湖的美事吧。

前两天,几个朋友小聚又喝了些"苞谷高粱口服液",天南海北聊到子夜时分方才打滴滴各自回家,考虑到顺路,我提出并坚持自己在最后一站下车,结果惹得两个男同胞一路的电话跟踪聊天,生怕路上发生什么闪失。到家后,屁股还未挨着沙发,要求报平安的短信又相继追过来,我回复了还不算,其中一个兄弟硬是要我拍张家中客厅的照片发过去为证。

你说这酒,喝得值不值。

乍暖微寒

那天,到常去的一个菜市场买菜,来到一个大姐的菜摊前,我要买翠绿莹润的蚕豆米,问她价钱。她说她卖三块一两,给我只要两块五。旁边一个同样买菜的妇女马上不乐意了,质问:刚刚我给你两块五你不卖,啥意思?大姐解释说:我们是熟人,这是对我们有恩的人。

我顿时有点懵,马上开启搜索键查找这个"恩"字的来由。只不过在多年以前,我从工作角度,代表部门在节假日去慰问过她们一线职工;只不过出于生就的性情,我多说了几句关心体贴的话,帮助解决了一些小小的问题;只不过在她们下岗自谋生路以后,常去光顾她们菜摊子的生意。要说有恩,应该是她们对我有恩才是。我至少是有着固定收入的人,而她们起早贪黑,辛苦一整天也说不准是赔是赚,反而在价格上要比别人更加优惠于我,实在让我心存愧疚。

人心,就是有这么多的不同。有时自己只是做了举手之劳的小事,却被别人认真记下。而有时你竭尽所能帮过一些人,做过一些事,在他们那里被认为该当如此,自然而然。甚至哪里做的不尽如人意,就反过来认为你欠他许多一样。

很多年前结识了一位长者,那时我还是一个单纯天真的小姑娘,因为爱读书,业余喜欢写点小文字,就追随他的步履,学习他的为人、学识,享受着他的关爱。他是个孤老人独自生活,对我们一群七八个年轻人关怀备至,从喜欢吃的东西、爱读的书、工作、恋爱、结婚生子，他都事事操心点滴牵挂，像对待自己的儿女一般无私付出。遇到节假日，几个离家较远的朋友常常被他老人家邀到家里，喝酒吃饭，谈天说地，满满的温暖充盈在书香弥漫的小屋里，真诚的情义深深地融入了我的生命之中。

现在，几十年过去了，这位老师已是九十多岁的高龄，记得他对我们的好，疼惜他心灵深处的孤单，我每年都要挤出时间去看他几次，只要可能，还常常带上自己的孩子，那是他老人家一直看着长大的，今已成人。

最近的一次去看他，他情绪有些低落。说起我们的缘分、过往和现实，深深感叹：人生不如意十之八九，人情的变化也是十之八九啊，当年我对你们大家都好，而现在能主动想起来，不时来看看的也不过两三人，他们有了自己更好的生活，早把我这个孤单老人忘得一干二净了。

我也颇有同感，偶尔在原来那个圈子的人面前说起他老人家，我甚至还被其中几人理直气壮地责备说：你去看他的时候，为什么不叫我？我又不知道他现在住在哪里！而事实上，当年这位老师对他们的关心照顾，一点也不比我少，而现在他们的时间和便利条件，一点也不比我差。

缘来缘去缘如水，每个人有权选择自己的人生轨迹，许多事情发生了各种偏离和改变，那是谁也拉不住的远去列车。

拜托，就不要倒打一耙了好不好？

我的茶缘

茶于我，是在少年不识愁滋味的懵懂中不期而遇，我于茶，是在酸甜苦辣咸五味杂陈过后回归的一种清纯。

那时我十八九岁的年纪，谋到一份山村教师的工作，就在小学校里安住下来，白天上课守职责，晚上常和几个年轻同事相约着，到村里小卖部买来瓜子、兰花豆或炸花生，在职工宿舍海阔天空地神聊，夜深人静口干舌燥之时，突然发现这份快乐里少了一味调节剂：茶。

那时正是馋得啃草根、逮蚂蚱的年纪，所以第二天我大中午的就跑到小卖部去买茶叶，店主问要绿茶还是花茶，见我一脸迷茫，就说花茶加了茉莉花香味浓，绿茶清淡。我自然选了那种用黄褐色蜡光纸包装的花茶，外加一两芝麻酥心糖，为的是让我们的校园课余生活甜上加香。那几年清淡却醇香的乡村时光证明，以那时我们初涉社会的认知度和购买力，我的选择无疑是切合实际的，那些香脆可口的简单零食和茉莉花香味氤氲的茶水，以及一冲上开水就密集漂浮在水面的一层茶叶碎末，一直定格在我的青春记忆中，每每想起，茶香弥漫。

当然，那时误以为茶的香气就是茉莉花的香气，因为还没人告诉我，之所以做成花茶，是因为茶叶的等级较低需要花香予以调节的缘故。直到后来我调到县城换了工作，接触面慢慢变宽了，喝各种茶的机会逐渐增多，才渐渐学会了识别诸如碧螺春、蒸霉、毛尖等绿茶的不同特质，学着品读普洱、滇红等不同茶的香气和回味，恰似学会接纳包容不同性情的人和不同来去的故事，自然也就有了对于茶滋味亲疏远近的尝试和拿捏。再加上工作性质的关系，我懂得了凡是物质的产品，都得靠某些指标的物理性状和化学成分分析数据来区分其等级优劣，但作为食品，自然还离不开舌尖上的品味感受，这样，茶就因不同的产地、制作工艺、消费群体、品析环境下的特殊味道，被人的观念、经验、个性、心境，揉捏得越来越充满故事、余韵缭绕了。

因而就衍生出那么博大精深的茶文化，那样层出不穷的茶产业和多姿多彩的茶故事。庆幸自己与茶结缘，是多么美好的遇见！

几年前，好友送我一铁盒包装的茉莉花茶，我迫不及待地打开冲泡，想尽快找回已过时光里的浓郁花香，奇怪的是只见色泽灰暗、条索均匀、叶型紧实的细长茶叶，只闻一股淡淡的茉莉花香伴着大叶茶的醇厚气息扑面而来，并未见到当年初尝此物时的形色，怀着少许的失落浅尝一口，漫过舌尖直攻肺腑的，是丰润的自然气息，是青涩之后纠扯不断的回甜，是劳碌之后安顿下来的知足，及爽！细细查看产品介绍，才知此茶的制作工艺已今非昔比，是采用了茉莉花熏蒸的方法，渗其香气，隐其芳容，让茉莉花回归到她配角的地位去啦。

正所谓，小隐隐于野，大隐隐于茶。

端起一杯茶，我常常这样展开想象：原本只是简单的一片片叶子，被天地日月厚爱于山野田园，被雨露风霜随意地喂养长成，被勤劳的指尖温柔摘下，就着阳光的温度和自然的鲜香反复炒作、揉捻、晾晒、分拣、包裹，有的还需慢慢发酵贮藏时光⋯⋯所到之处，有缘和爱它念它的人分享岁月，抚昔惜今。

遇见并爱上茶，我是有福的。

削发散记

舍 得

我发现,春风不但是孕育新芽、催生花朵、呼蜂唤蝶的媒婆,还是播撒邪念的妖女。

好端端的早春二月,全国人民抗击新冠肺炎疫情的胜利曙光,已撕开天幕的一角,照耀清朗人间。我却做出了一个令自己震惊的举动:将与生俱来的头发全部从根剔除,一丝不剩。

这个决定令我自己都有点意外,细细想来又觉得符合我的本性:权衡利弊,无关他人得失,就我行我素,我的头发我做主。

那日在理发店说明诉求,老板用看母鸡抹口红一般的眼神望着我:

"真的要剃光?"

"真的,你没听错。"

"真舍得?"

"有舍才有得。"

"确定?"

"确定!"

"不后悔?"

"不后悔!"

二十分钟后,那些伴我几十年甜酸苦辣的细长发丝,轻飘飘地散落在我的座椅周边,像深秋的森林里无人认领的枯叶,有的卷曲有的直白,都委屈巴巴地望着它们曾经的主人。我只是淡定起身,拍拍身上的碎碎,戴上备好的一顶粉红色帽子,走出理发店。

那一秒钟,我都觉得自己就是无情无义之徒。

我到旁边的商场,一口气卖了三顶不同款式不同颜色的帽子,准备好在短时期内把自己白里泛青的头皮遮严捂好,过上一段深居简出的日子。

缘　由

去年冬天,已经长到披肩的头发让我生出丝丝烦恼,又稀疏又黄瘦还容易油腻的头发,在寒凉的大清早洗起来很是麻烦,不洗吧又粘成一绺一绺的直接让顶上的头皮裸露出白色的沟路,让年方五十有余的我,仿佛到了七八十岁一样的不堪。

经过一段时间烦恼的纠缠,某一天,我突然生出将头发剃光让它重新生长的念头。起初并没当多大事,只任它在内心的草地上自由放牧了近一个月。那时正值隆冬,原本因为头发稀少、油腻坚持每天洗一次的我,终于被寒气和懒惰合力击中,调整为每三天洗一次。却还是将洗涤又细又长又乱的发丝视为一种负担,问题的实际内核是,近来每洗一次,头发就要掉落一小绺,估计有近百根,照这样下去……我赶紧掐灭了有点丰富的想象力。

随着春风摇醒草木、春雨敲打窗棂的力度日渐增长,削发那个念头趁势而为,像梦魇一样日夜缠绕着我原本平静的日子。

所以那日午后,我拿出快刀斩乱发的率性,去了那家熟悉的小理发店。

寻 源

在我大概能记事时,有一次大我五岁的表姐帮我梳头扎小辫,扎头发的橡皮筋左一道右一圈扯动头发疼得我眼泪都要掉出来,才好容易将头发勒稳了,仿佛耗尽了她背一篮猪草的力气,累得表姐大呼小叫:"哎呀呀,这哪里是头发,简直就是耗子尾巴。"也是那个时候我就知道,自己的头发天生就少,少得有几根都能数得出来。

渐渐长大,知道了那是父母遗传给的与生俱来物,就本质来说是根本无法改变的。

渐渐长大,明白了"身体发肤,受之父母",无论美丑,我们都没有选择,不仅不能嫌弃,而且要好好爱护珍惜。

渐渐长大,享受了父母浓稠深厚的爱,懂得天底下所有的父母,都唯愿把所有美好的一切给予儿女,只是有些事情实在无能为力。

也就释然了。

头发长得丑不为过,更不是罪。从小到大,看着别人浓密的、粗壮的、黝黑的、光亮的一头头秀发,我很是羡慕,有时也会生出嫉妒,但"恨"是从未有过的。父母遗传给我的善良本性告诉我,人家的好是老天赏给的,不是偷来抢来的,有什么理由要恨呢?

惊 艳

在纠结彷徨的日子,还是"丢了个石头试水深"发信息探过一个闺蜜的意思。

"离离原上草,近来多烦恼。"

"?"

"想感受下重生的滋味。"

"真舍得?"

"不关乎健康不损失爱,有何舍不得?"

"遵从内心!"

"喳,明天会更好!"

削发完毕回到家,把自己关进洗漱间,才敢一个人对着镜子,细细赏读这枚充满善意和温暖的脑袋:光洁、饱满、圆润、自信,发际线天生的高,使眉眼之上的额头显得有些空旷,难怪屈原老师要发出"路漫漫其修远兮,吾将上下而求索"的指路信念。没有头发的陪衬与抚慰,两只耳朵也显出各自别样的孤单,只惋惜它们虽共侍一主,却注定终生不能见面、相互拥抱、问安取暖。我十指交叉抱住后脑勺慢慢向前移动,试图用满心的歉疚抚慰一无所依的中心广场,回应给我的是无言的温柔磨合,是十指一边传递一边接收的同频共振和相濡以沫的暖意。

终究,我是我自己的主。

我心安稳下来,除了被丢弃的发丝,我身上所有的部件都能理解我忍痛割爱的初心。相信,时间能注解一切。

次日,上班途中遇见闺蜜,匆匆瞟一眼,问声早,擦肩而过。

几分钟后收到信息:"惊艳!"

我回:"惊艳在后!"

其实我知道,所谓的"惊艳",是我自己这个年龄,在外形造就上的勇敢,打破了人们对不惑之年惯常认为应该这样那样的概念。而我心里的小忐忑恰恰在于,生怕大多数熟人会一起发动操不完的心：突兀的反常行为，会不会是身体有恙？或是心有郁积？还是对谁谁谁某某某有深仇大怨？

为了免去以上麻烦，自我封闭自然是必要的。

发现

刚刚削发后的那几日上班，正好因为疫情的缘故，借口罩和墨镜把自己包裹得严实一些，以免除惊讶与追问的小尴尬。在路上遇见人，也尽量不去对眼神，匆匆走过。那时的心理是巴不得所有人都忽视我的存在，让我躲在暗处心安理得地享受独处中的默默蜕变。

时间如小溪流，淌过一日，无人看到我的异常。

时间像过路风，飘过三日，无人关乎我的忐忑。

时间是风信子，暗香浮动，无人在意我的去来。

除了一好友无意间帮我整理脖子上的围巾时眼睛发出疑问，我赶紧老实交代了问题；除了去看望父母时我本能不设防地一把揪下帽子露出"亮蛋"一枚，我连忙陈述了自作主张的缘由，之外，就没人提起过头发的话题。

一个多月，一切如常。

我突然生出些许自作多情后的失落。对于大多数人来说，你和他们可能已十分熟捻，但他们还没到那种随时在意你的诸多细节的地步。因而，你今天戴没戴帽子、抹没抹口红、穿没穿高跟鞋都无关紧要，只要一眼看出谁是谁就成。

所以，我根本没必要在乎别人对我外形改变的反应，惊讶也好，漠视也罢，忽略亦可，都是这个世界再正常不过的表达，是常态中的常态，大可不必浪费心思去担忧、揣测甚至提防。

还是把有限的时间和精力，用在有意义的事情上吧。

重 生

时间是最好的生长调节剂。

转眼过了几个月，丢开帽子，家人们与我共同期待的效果还是显而易见的：新长出的头发，如春雨滋润下的秧苗，已从刚开始几天只会抵触手掌的清灰一层，长成漆黑的、根根直立、蓬蓬勃勃的一茬，守卫和装饰着我的头颅。

这期间，母亲用温暖的手掌抚摸检验过几次，每次都欣喜地说："确实长得比以前好了，壮壮的，黑黑的，一根杂色的都没有"；妹妹送过来一大袋大理带来的核桃，叮嘱我一定坚持天天吃，说这是养头发的天然营养品；小侄女用心买来一顶时尚的夏凉帽，说正好短发戴起来才好看；儿子直接说其实帽子不用戴了，这个长度是最酷的寸头，没几个人有勇气理成这样的，特别是妈妈你这个年纪。

这期间，尽管我还是会偶尔怀念一下以前头发垂肩时的样子，也会更加羡慕那些头发如黑瀑似锦缎的各色美女，但都只是一阵微风吹过的感觉，转身就忘。

这期间，我粗略地统计过，自己曾经伤害过五六个人的脑细胞。有人无比惊讶地问：为什么好好地要把头发剃了？我为你想不通！也有人无比虔诚的表达：真是万分佩服你的勇气，为什么偏偏要打破常规！更有人语重心长地劝解说：千万要想开点，什么事都会过去的……

在此一并表达谢意和歉意。

夏天过了，秋天怡然到来，我的头发已可以握在五指之间细细揉捏了。可以无遮无拦地将自己放逐于光天化日之下，去栉风沐雨展示修行的另一种姿态了。

一朵铁莲花

问天问地问过路的雨,我们的遇见,为什么如此匆匆?甚至来不及回望一眼,就已经无影无踪?遇见那朵铁莲花的第三天我这样发表感慨,以及挥之不去的疑惑。

到后花园洛龙湖边散步,自在牧心,已是我不可或缺的享受方式。

一场久盼的雨后,万物清新,我走在林中一条红砂石铺成的小路上。忽然,一股神秘的力量让我原本匀速走过的步子瞬间慢下来,又一股神秘的力量让我轻轻转身,回望右手边一个圆盘状的物体。

看清楚了,是一株矮矮的铁树,如一朵盛开的莲,所有的叶片都尽情张开在接纳上天的赐予。令我惊奇的是,铁树的上方有一棵四五米高的香樟树(经查阅图识资料,该品种叫猴樟,叶片形状较圆),樟树黄褐色的枯叶落下来,正好被铁树的手掌接住搂在怀中,围拢在长满米黄色绒毛的花心里,像是收留了一群到处流浪的孩子,组成一个临时的王国,相互取暖,相互依存。

我所认识的香樟树自然也会落叶,但它们不是一次性毅然决然的落光,而是在万物葱茏的夏季边长新叶边落老叶,渐进交替,这样看起来树就永远长青茂盛,从不以光秃秃的形象给大地增添萧条的元素,且它的叶子质地较厚实,即便离开枝头也不会马上枯萎,仍在一段时间里保持其固有的色泽的亮度、花纹的明丽及叶脉的清晰,继续展现其对大地母亲的依恋和美好的陪伴,着实令人怜爱。那天,在潮湿凉爽的午后,我遇见这棵高高的常青树和矮矮的铁树,以一枚枚绚丽多姿的落叶为书信频频握手,深情相拥,交流风雨中的绵绵情话。

有阳光如顽皮的孩童,从高树叶间跳到铁树箭镞似的细叶上,留下斑驳不清的影像,有少许铜钱一样的落叶放弃花心里的热闹,甘愿在铁树伸开的手臂上绣出一组一组的图案,居然精致得如同事先设计过一番,且有意无意间还有穿成串、排成行的迹象,像是一位艺术家精心打造的力作,让我更加欣喜。

次日黄昏,我再度走上这条林中小路,想起可爱的香樟铁树的温暖情景,想再次去欣赏、流连。

红砂石铺就的小路依然安静地伸向远处,除了几声不知名的鸟无遮无拦的歌唱,大地异常静美。脚步在轻盈前行,任思绪满世界乱飘。咦?已经走过长长的一段,我要见的盛开的铁莲花呢?

再度回首,转身,调整关注度、聚焦路边的每一棵树、每一丛灌木,几乎走到了这条小路的尽头,一直都在左顾右盼,仍是一无所获。难道,我头天的遇见只是一个幻象?

第三天,亦然。

令人迷茫到绝望的事实在于:我的手机里明明存着几张有款、有型、有色、有韵的照片!

难道我与这一朵铁莲的缘分仅有一面之缘?难道为了确认一个小惊喜我还得组队出发,惊动住在周边的亲朋好友网格化搜索不成?好多年了,我无论于人于事,抱的是任其自然的态度,以为有缘的终会彼此记住、终会彼此思念、终会再度重逢、终会越走越近,因而对许多遇见也就没有刻意在心。

这朵铁莲迷雾搅得我几天来都有一股小郁闷,挥之不去。又怕加深失望,后来就干脆不再去专门寻找了,就当是洛龙湖之神与我开的一个玩笑,或是老天看我童心未泯,故意设置了一个迷宫要好好历练一下我的心智和体力吧。

半月后的今天,我只是路过。

在这条红砂石铺成的小路上,因接了一个暖心的电话而稍稍驻足。

又看见了它,我的铁莲花。

秀山的联，玉林的泉

我们是在中午时分到达秀山脚下的，一行七八个人目的很明确：陪我去寻找好些年前在此见过的一副对联。

在一周前的一次聚会上，兄弟姐妹们喝着小酒，聊着开心的、有趣的、头疼的、温暖的种种生活故事，空气中弥散着菜香、烟气、酒味和滔滔不绝的话语引领出来的热闹情绪，使人间烟火的味道更加浓烈。对了，还要特别交代一下，那天喝的是玉林泉，这种产自离我们百把公里远的峨山县的小曲清香白酒，据说始创于清朝中叶，民国年间便驰名滇中，距今已有280多年的历史了。我们之所以喜欢用它来助兴，自然是它的绵、甜、净、爽的独特风味，清香宜人易入口且回味悠悠的品性。还有一个重要因素，就是它亲民的价格能为大多数工薪族所接受，以合格品为底线，我们常常根据口袋里的银子分量决定开哪一个档次的酒瓶。所以一桌人不知不觉就征集到一千个开心的理由喝光了三四瓶，话语的温度、笑声的亮度也被酒烧得越发炽烈，像熊熊欢唱的灶膛里的火焰一窜一跳热浪掀天，我就水到渠成地开始大肆宣扬自己近年来所感所悟的淡然处世的人生哲学，自然就说起年轻时在秀山风景区一见钟情、过目不忘的一副对联，当场朗诵出来，当场引起共鸣，当场决定本周日来一场说走就走的"楹联文化"之旅。

正是一年中雨水最为丰沛的 7 月，头天才下过一场透雨，天地间氤氲着舒爽的凉意。踏进山门，秀山浓稠的绿韵瞬间就将我们重重包围，空气中弥散着湿润饱满的各种气息，有小草的清甜、有树叶的淡香、有正在发酵的枯枝腐叶的呼吸、有正在努力生长亟待破土的各种野生菌子的梦呓，让人觉得生命的美好绽放无处不在，我们略微粗重的喘息和双腿的酸痛全可以忽略不计，很快就心甘情愿地陷入森林的迷魂阵，美在其中。结果却事与愿违了：二十分钟后，一支整齐的队伍就被大自然的媚眼自然瓦解分流成几个小分队，各自辨不清方位，只得利用现代通信工具约定了集合下山的时间地点，当然还强调了把找到的好联记下一起分享。

　　通海秀山，素有"秀甲南滇"之美誉，历代文人墨客为她写下了大量的诗词匾联，使秀山显得文采风流，意蕴深远。我二十多岁时第一次登临此山，只知道她被称为中国对联最多的公园，有130多副对联。那时我年纪尚轻，游玩的过程被山的清幽美景所吸引，对其他的文化氛围因时间的匆促和阅历的浅薄没有多少感触，只在下山过程中，在一个小小院落的门框上见到了那幅简单易懂、直闯心灵之门的对联，瞬间，它所表达出来的意境就定格在记忆深处，融入生命之中。现在，到了知天命的年纪，就想再度寻访，去看看它是否被岁月的风雨尘埃所侵蚀，是否还保留有当年与我初相遇时的豁达与安然。

　　只是，老天好像不想成全我们的心愿。我紧紧拉着两个闺蜜一路上苦苦寻找，一见到亭、台、殿宇便睁圆了眼睛探寻古韵香风熏染过的竖着抒写的文字，结果一无所获。想起当年的遇见是在一个不起眼的小院，我们干脆连堂堂皇皇的高阁、宝殿都只走马观花式的浏览而过了，专门顺着僻静处的小路满怀期待地延伸脚步。其间倒是读过对仗工整、意蕴深远、哲思精到的不少好对联，但因记挂着我们上山的初衷，也只是在心中随意溅起一粒小小水花，继续匆匆游走寻觅。可几个小时过去，一直到了约定集合下山的地点，依然没有寻到初心里印下的半个想念的文字，问了其他几个朋友，回答的只是摇头伴随着迷茫的眼神。

唉，无论今夕何夕，青山青雨依旧，心中情怀不改。好在我已修炼出一切随缘的行走姿态，好在那副对联一直在我心中安住。

好吧，下山！

好在还有酒，在滇中玉溪的地盘上，闹嚷嚷的一群人自然又抱了几瓶峨山玉林泉酒过来，美景与美酒同样不可辜负，晚上的落脚处既已确定，我们要用玉林泉的佳酿来安抚一天劳顿、升华一路快乐，抹平未见到念想中的好联的遗憾。

佳肴配美酒，欢乐共此时。在秀山脚下举杯，带队的大哥开杯酒就从赏析对联开始：第一口，浅尝，交流"秀山轻雨青山秀、香柏鼓风古柏香"这幅秀山著名回联的正念倒念朗朗上口音韵相通的妙处，深深赞叹汉字艺术的魅力，打开喉舌的山门一口拿下，任辣中有香香中回甜的舌尖感觉，伴着香风古韵顺流而下，稳稳地到达胃里作为先头部队。

第二口，我主动站起来点亮快乐的气氛说：今天虽没见到念想中的好联，但我们此行，已用身心实践了想要找到的结果，趁年华未老、趁友情正浓，无论你选择大步流星还是袅袅娜娜，尝到快乐的滋味才是每一天的追寻目标，随意啦！我缓缓一口饮下，让玉林的泉舒展开坦然的笑容。

后来的结果你肯定能想到的，桌上快乐的溪流渐渐地分成几股，随意放浪江湖，有的在稻田里停留迂回，有的在草海间平铺直叙，有的绕过一切障碍直奔江海，也有的在青山绿水间突遇断崖只得纵身一跃飞流直下,成为一道造就彩虹的瀑布飞花。酒文化实践活动毫不谦虚地代替了楹联文化的交流。

酒足饭饱,一朋友悠悠地问我:"找了一天都没露面的那副对联是什么内容?我忘了。"

我答:"不寒不暖有花处,半醉半醒无事人!"

谁知这哥们好像并不满意:"你说的,不就是此时此刻俺们兄弟姐妹的状态吗?"

我答:"是呀,早有古人帮我们总结好了的。"

另一个善谈古论今者继续追问:"横批呢?"

其实我真的从来不知道此联的横批,情急之中见一个晶莹剔透的玉林泉酒瓶在我眼前荡漾着微笑,也可能是在血液里欢哥劲舞的酒精把答案悄悄告诉给我的唇舌。

就脱口答道:"闲来品品。"

寸光鼠目

那一年秋季,儿子刚满月。初为人母的我被幸福重重笼罩着,连睡梦中的呼吸都充满了愉悦的节拍。不想,我那仅有十来平方米的居室竟来了一位不速之客。

第一夜,当我被一阵窸窸窣窣的声音从睡梦中搅醒,我便一咕噜坐起来拉开电灯,瞬间,一切又归于寂静,只看见小饭桌上的一盘豆腐被挖了一个坑,桌上撒了几粒碎屑。我便意识到可恶的它打算与我们朝夕相处了,它才不管你欢迎不欢迎、愿意不愿意,就那么无声无息地一头掺和到你一日三餐一枕清梦的生活之中。

次日,为了全家宁静安康,我上街买来两小瓶灭鼠药水,在睡前均匀地分别撒在一块又香又甜的萨其马和一只剥了皮的香蕉上,大大方方摆放在小饭桌旁的地上,用一张报纸垫着。我认为自己很明智,要将隐患消灭在萌芽状态,越早越好。望着熟睡中儿子苹果般迷人的小脸,我很欣慰:宝贝,妈妈会用世界上最深最深的爱乃至生命来呵护你!

事情的进展全在意料之中,次日起床后我第一件事就是检查自己亲手炮制的毒饵,很好:香蕉和萨其马都被一扫而光,没留下一点点残渣和痕迹,仿佛它们根本就不曾在这个空间出现过。我心里掠过一浪得意的笑,那晚果真睡了个踏踏实实的安稳觉。

大约两三天后的一个深夜,正在作好梦的我忽然感到放在枕上的右手大拇指像是被电猛烈地击了一下，我一个激灵翻身坐起，听到了一个东西滚下床去撞击尿盆的声音，只一瞬间又消失了，我急忙打开电灯，看到大拇指上留下了两道明显的齿痕，我全身的汗毛一下子竖了起来，天呀，这该死的老鼠不但没有归天，居然对我们母子展开了报复！假如那天晚上我不是鬼使神差地将儿子从往日睡的右侧换到我的左侧，那他的嫩得像豆腐似的小耳朵或是小手指岂不是成了这可恶的斗室大盗的战利品了吗？那种后怕的感觉一下子以电流的速度蔓延到全身，差点让人窒息。我一把抱起尚在熟睡中的儿子搂在怀里，睁着眼一直坐到天亮……

当远在二十公里外工作的娃他爹被我一天8个电话叫了回来，一场你死我活的家园保卫战开始了。

我们先找来两根木制的拖把把和一把大号的凤尾扫把，然后关好房门，将木床、沙发、饭桌等凡是阻碍行动的家具都往屋子中间攒拢，争取房间的每个角落都能被我们的武器探寻到。当然，儿子被放在床上用两床被子四个枕头围在中间重重保护起来。

搬开木床我才发现，在原来床底下靠墙的那个角落，曾经被我洒满毒药的一块萨其马和一只香蕉，完好无损地躺在地上睡大觉，只是香蕉的颜色由原来的乳白变成了黑褐色，被空气吸走了水分很像一坨弯弯的便便。

哼！我用鼻子轻轻冷笑一声。

歼灭行动开始了。只几个小小的搜索动作，老鼠就肯定知道了今晚的在劫难逃，一下子现了真形，像团灰扑扑的雾气似的四处奔逃，其动作之灵巧、奔跑之神速，使我们夫妻俩在围追堵截中一会儿就气喘吁吁却难以碰到它的一根毫毛，倒是乒乒乒砰砰的响声将床上的宝宝吓得哇哇大哭，那节奏听起来仿佛在为他的父母助威呐喊，却让我们生出了心烦意乱的感觉。

"与其这样兴师动众，不如将它轰出去算了。"娃他爹心疼地望了一眼儿子哭得通红的小脸说。在儿子的哭声中我也动摇了报仇的心思，将房门轻轻打开了。

于是我们再度配合，一人从一角进攻，在只有十来平方米的小屋中很快将这只狡诈的老鼠捅了出来，它又开始了东一个两米冲刺西一个翻滚跳跃的亡命奔逃。然而事情的进展却更加出乎意料：它几次冲到门口，本可以轻而易举甚至可以庆幸为绝处逢生地在我们的视线甚至整栋楼中立即消失，逃脱这场浩劫。奇怪的是它竟然几次立马调头，又回到屋子中四处乱蹿。

"这只老鼠疯了。今天不消灭它我就搬到大街上去住！"我说，我知道我的话语和眼睛都在喷火。

于是，"啪"的一声脆响，我们小屋的门再次被重重关上。这回，我按老辈人教的经验重新布置了"工事"，将两只长筒雨鞋分别横放在东面和南面的墙根脚，准备让逼急了的老鼠自投牢笼。我们占据着屋子中央，每人手持一根棍棒分别从北墙和南墙相向着开始搜索，一敲一打一捅一搅，一会儿就将袭击目标赶了出来，只见它左一个冲锋，右一个突围，勇猛无比，但奔到我们设置的鞋笼前却突然来个纵身跨栏，越过障碍继续前进，好一个智勇双全的对手！这样更加激发了我们的斗志和愤怒，索性找来一些砖头，将墙根脚的道路层层截断，然后又再度进攻。这一招果然有效，只一会儿目标就消失在我们的书柜后边。

顿时，整个屋子寂静异常，宝宝也可能是累了停止了哭喊。这个书柜是未被搬离墙根的家具之一，上面摆满了我们多年来积累的各种书籍,死沉沉的难以挪动。我找出手电筒,换上一对新电池,将头紧贴在书柜旁边的墙上,用电筒光顺着书柜背后的缝隙细细查看,我就不相信这只老鼠会成精变作一股妖风飞出去!

突然,两道电光冲我的眼睛直射过来,虽被雪亮的电筒光所笼罩,却像星空里的月亮般格外醒目,具有异常的穿透力,仿佛将所有的自信、勇气、抗议、嘲笑全都集中在这两束蓝幽幽的光柱里,闪都不闪一下地与我对视着。

我浑身一颤,我知道这就是我们要找的对手了。

"在书柜从上往下数第二层那本《新华大词典》的位置,我盯住它,你赶快动手,不要舍不得,要把书柜一锤砸穿!"我沉住气小声说,但我知道我的全身都在微微发抖。

娃他爹蹑手蹑脚地找来一把铁锤,然后轻轻地将我指定位置的书搬开,目不转睛的我看见老鼠依然像只硕大的壁虎一样紧紧扒在书柜后壁上,两道幽蓝的目光保持着明亮的火焰的同时,似乎掺进了一丝忧伤却仍然那么顽强地与我对视着,它与我的战友只隔着一层薄薄的木版,一锤下去,定叫它粉身碎骨!

"嘭"的一声巨响,我虚弱地放下了手电筒。

又是意外,韧性极强的柳桉板阻碍了我们消灭敌人的火力,只不过几秒钟,这只大老鼠居然爬到了书柜旁边的玻璃窗上,因玻璃太滑又迅速地摔了下来,紧接着它又再次奋力往上蹿,不知疲惫地重复着同样的动作……好!太好了!我再次冷笑一声,你终于到了只有光明没有前途的时候了。我慢慢地用力握紧扫把,像欣赏杂技表演一样地看着它再一次虚弱地爬上窗框,猛然间抄起扫把雨点般地砸下去,连同旁边的台灯、口缸、攒钱罐、墨水瓶等一起砸了个落花流水,顿觉从未有过的酣畅淋漓！

　　娃他爹用火钳在一片废墟中找到了奄奄一息的战俘：这是一只肥硕的鼠中极品，差不多有一尺长，全身毛色发亮呈浅黄色，即便死之将至，一双贼眼仍炯炯有神发出蓝幽幽的凶光，让人不敢对视。

　　我们处决战犯自然用了最为解恨的手段：在我的指挥下，娃他爹先用铁锤将它尖尖的小脑袋砸得像块泥巴一样柔软，然后找来一个大号铁皮罐头盒将它头朝下塞进去，再浇上刚刚烧开的烫水，我要让它那一双贼亮的眼在自己皮毛的一片混沌之中永远永远地消失。

　　我们打扫战场时，在一个小床头柜的下面发现了天大的意外：几块柔软洁净的婴儿尿布圆圆地围成一个温暖的小窝，6只粉红的小鼠崽正紧闭着眼哼哼唧唧地叫着，用尖尖的嫩嫩的小嘴互相拱来拱去，其中一只还努力翻个身，撒娇似的张开小嘴巴……

再说几句（代后记）

合上这些书页，如同关上栅栏的小木门。

让清风明月在天边私语片刻吧，我还有几句心里话要向亲爱的读者说说。

感谢你们肯浪费些宝贵的时间读读这些文字。这些文字所记录的，是我亲自在大地上留下过的一串串深深浅浅的脚印，走过时，出于生命一直向前的本能，再回首，自带内心虔诚的温度和回味。我认为，每一段独立成篇的文字，其实都是经过时光的孕育而诞下的自己的孩子，无论美丑，只要肢体健全、哭声嘹亮，我绝不会轻易抛弃它们。当你看见它们，凭着印象能产生诸如"这孩子好可爱"或是"这孩子太稚嫩"之类的小感觉，我就已经很知足了。

在这里，我要特别谢谢在写作的路上一直以来关心帮助我的吴然老师、陈约红老师、存文学老师、辛勤老师！在文字的原野上，几位老师俨然已是大树，却从不嫌弃我这棵小草，随时给我鼓励和关爱，给我阳光和雨露，一起走过一个个温暖而明亮的季节，不轻视小花小果的收获，不放弃枝繁叶茂的梦想。

感恩我的父母家人，给我一个温暖和谐、可耕可读的美好家园；感恩我的兄弟姐妹，让我时时处处在收获爱与坚韧；感恩我所有的朋友们，让我每一个日子都不会孤单，心中住满牵挂和远方。

春天来了，有人开始收获，有人正在播种，而我，一直行走在大地上,真诚地付出爱,幸福地收获爱,勤奋地学习表达爱。

我相信,在时光的栅栏前,我和你,随时都可能不期而遇。

冰 蕾

2022 年 2 月